별을 쫓는
소년들

WITH TOMORROW X TOGETHER

별을 쫓는
소녀들

WITH TOMORROW X TOGETHER

별을 쫓는
소녀들

WITH TOMORROW X TOGETHER

별을 쫓는
소녀들

WITH ＋OMORROW Ｘ ＋OGETHER

별을 쫓는
소녀들

WITH TOMORROW X TOGETHER

별을 쫓는
소녀들

WITH +OMORROW X +OGETHER

WITH TOMORROW X TOGETHER

기획/제작
HYBE

공동기획

별을 쫓는 소녀들

WITH ┼OMORROW ✕ ┼OGETHER

4
WEBNOVEL

학산문화사

차례

제 36 화

현자의 끝

검은 소용돌이를 내며 통로를 만들어내던 마법진은 이내 문양이 좁혀들며 사그라졌다.

홀로 남은 현자는, 바닥의 카펫 무늬만 가만히 바라보았다. 우연히 만난 소년들을 보내 주었을 뿐인데, 마음 한구석이 허전했다.

다른 세계의 자신을 마주해서일까. 현자는 쓰게 웃었다. 같지만 다른 존재를 보는 건, 확실히 색다른 경험이긴 했다.

생김새도 성격도 완전히 똑같진 않지만 많은 부분이 닮아 있었다. 아직은 어려운 게 많은 듯 우는소리를 하긴 했지만, 깊은 내면은 슬기로움으로 가득해 보였다.

작고 여려 보이는 그 또한, 최후의 상황에서는 자신과 같은 선택을 하리라 생각했다.

그러곤 고개를 저으며 생각을 털어냈다.

툭. 투둑.

책들은 여전히 생성과 소멸을 반복했다. 1초 남짓한 짧은 소리지만, 그 안엔 길고 긴 역사와 멸망하는 이들의 비명이 담겨 있었다.

책이 떨어지기 직전에 벼랑 끝에 몰려 발악하고 있는 자들도 많을 터였다.

'나처럼 말이야.'

현자는 가만히 눈을 감았다가 다시 떠보았다. 아무것도 보이지 않았다. 보이지 않아 알 수 없지만, 이미 눈동자는 빛을 잃은 지 오래일 것이다.

이제 햇살 아래 신록의 푸르름도, 사랑하는 이들의 얼굴도 영원히 보지 못할 것이다.

각오는 했었다.

세상을 구하는 것에 비하면 별것 아니었다.

현자는 손을 들었다. 깃펜이 두둥실 떠올랐다.

어렵게 구한 책은 여전히 품 안에 있었다. 그는 천천히 책을 폈다.

밀려오는 긴장감에 숨을 몰아쉬었다. 목구멍이 점점 조이듯

압박해 왔다.

"헉, 헉……."

숨쉬기조차 힘들어지자, 현자는 다급하게 무언가를 찾는 듯이 품을 뒤적거렸다. 그러자 작은 주머니가 하나 손에 잡혔다.

덜덜 손을 떨며 주머니를 열자, 물약이 담긴 작은 유리병이 있었다. 병을 더듬거리며 뚜껑을 열어 약을 입 안으로 흘려 넣었다.

콜록, 콜록-.

저항하듯이 심한 기침이 나왔지만, 입을 두 손으로 막아서라도 약을 끝까지 삼켰다.

바닥에서 한참을 그렇게 있자, 다행스럽게도 약은 효과를 발휘했다. 기도를 틀어막던 압박감이 사라지고 숨 쉬는 것이 수월해졌다.

신기한 일이었다. 단순히 컨디션을 좋아지게 하는 효과가 아닌, '대가'로 주어야 할 것을 완화시켜 주는 셈이었으니까.

'시간이 없어.'

현자는 조금 괜찮아지자마자 지체하지 않고 바닥에서 몸을 일으켰다. 그러곤 곧바로 책장의 마지막 페이지를 펼쳤다.

주머니에 든 작은 칼을 꺼내, 왼손바닥을 크게 베었다. 붉은 피들이 페이지에 흩뿌려졌다.

책장에 쓰인 글자들은 검붉은 피에 물들어 갔다.

현자는 왼손 주먹을 꽉 쥐며 더욱더 많은 피를 흘려보냈다. 팔목이 부르르 떨렸다. 고통이 없는 건 아니었지만, 숨 막히는 기침에 비하면 참을 만했다.

책장의 대부분이 피로 적셔졌을 때, 현자의 깃펜이 둥실 떠올랐다가 오른손 안에 안착했다.

현자는 깃털을 살짝 쓸어 만졌다. 부드러움이 느껴졌다. 이제 영원히 만날 수 없는 친구의 모습이 기억 속에 흩어졌다. 세상이 멸망하는 그 순간까지 자신보다 남을 먼저 걱정해주었던 친구였다.

친구의 선한 눈망울이 떠오르자 현자는 저도 모르게 환한 미소가 지어졌다.

'내가 막을게. 해낼 거야.'

다시 한번 마음속으로 다짐하고, 페이지의 마지막 부분에 천천히 깃펜을 갖다 대었다. 그러자 참을 수 없는 격통이 배 안을 비틀었다. 온몸의 장기 하나하나를 뒤섞어 위치를 바꾸는 것 같은 엄청난 고통이 밀려들었다.

그는 신음을 내뱉으며 천천히 한 글자씩 적어 내려갔다.

한 글자, 한 글자 새로 써내려갈 때마다 고통이 심해졌다. 온몸이 타는 듯한 느낌에 휩싸이기 시작했지만, 그중에서도 눈이 타들어갈 듯 아파왔다.

심안으로 겨우 유지하던 시야조차 흐려져 완전한 어둠이 찾아오기 시작했고, 숨이 가빠왔다.

"으윽……!"

급기야 떨리던 손을 올려 두 눈을 미친 듯이 꾹꾹 눌러보았지만, 고통은 가라앉질 않았다. 끔찍한 고통 속에서 차라리 눈을 뽑아버리고 싶을 지경이었다. 하지만 글을 적는 걸 멈추지 않았다. 한 자 한 자, 각인하듯 꾹꾹 눌러 썼다.

얼마나 그렇게 있었을까. 페이지의 공백이 얼마 남지 않았을 무렵, 현자는 펜을 놓쳤다.

오른손의 검지에 마비가 온 듯 경련이 인 탓이었다. 덕분에 글쓰기를 멈추자, 밀려들던 고통은 기다렸다는 듯 싹 사라졌다.

꿀 같은 휴식이었다. 이대로 모든 걸 놔버리고 잠들어 쉬고 싶었다. 하지만 이러한 위안을 왜 주는지 잘 알고 있었다.

정해진 끝을 함부로 바꾸지 말라는 경고였다. 멸망에 대해 저항하는 이에게 보내는 회유이기도 했다.

하지만 여기서 포기한다면 시작도 안 했을 것이었다.

현자는 다시 칼을 집어 들고 오른손 손등에 내려 꽂았다. 마비되었던 손은 꿈틀거리기 시작했다.

오른손을 들어 다시 글자를 눌러 썼다. 기다렸다는 듯 고통이 뒤따라왔다.

그러길 얼마나 지났을까. 떨리는 손으로 현자가 바라는 세상의 마침표를 찍었다.

그러자 책에서 환한 빛이 솟구치더니 그를 집어삼킬 듯 휘감았다.

그때였다. 아무것도 보이지 않던 눈앞에 파란 하늘이 펼쳐지고, 그 아래로 더욱 새파란 바다가 눈에 들어왔다.

한동안 앞을 보지 못했던 탓에 갑작스레 환한 빛이 들어오자 인상을 찌푸리며 눈을 감았다. 그러다 조심히 눈을 떠 주위를 둘러보았다.

머나먼 기억 속에 존재하는 곳이었다.

자그마한 둥근 섬 주위로 파도가 쳤다. 눈에 보이는 건 끝없이 펼쳐진 지평선뿐.

바람이 불었다. 파란 물결 위로 하얀 윤슬이 부서졌다.

문득 팔이 저려 왔다. 남자는 고개를 들었다. 억센 나무줄기가 팔을 휘감고 단단히 몸을 매달아 두고 있었다.

그 사실을 자각하자 팔이 끊어질 듯 아파왔다. 현자는 오래간만에 마주한 햇살을 느끼며 가만히 주변을 바라보았다.

제 미래를 바꾼 것을 아는지, 잔잔하던 물결은 섬을 삼킬 듯 거세게 몰아치기 시작했다.

파도는 점점 섬을 범람하며 더욱더 좁혀들기 시작했다. 현자는 그 광경을 확인한 뒤에야 안심한 듯 작게 미소 지었다.

발끝 너머, 땅이 보이지 않을 정도로 높은 나무의 끝자락에 매달린 남자. 거대한 나무는 자신을 위협해오는 파도를 두려워하는 듯 몸을 흠칫거리며 나무줄기를 제 몸 안으로 말아 넣었다. 덕분에 남자에게 느껴지던 속박도 서서히 풀려 갔다.

탁-.

현자는 미련 없이 손을 놓았다. 떨어지는 육신이 느껴졌지만 아주 잠시뿐이었다.

툭.

멸망의 끝에서 그는 웃고 있었다. 모든 것을 이루고 맞이한 희망은, 지극히 기뻤다.

짹짹! 짹!

타호는 하늘을 바라보았다. 끝없이 솟아 있던 책장도, 왠지 불안감을 주던 검은 용도 더는 보이지 않았다. 익숙한 드래곤 피크의 수련장이었다. 눈에 아직 열감이 남아 있었다.

"어라? 타호, 너 울었어?"

눈물자국이 말라붙어 있는 걸 본 솔이 물었다.

"아니, 능력을 사용해서 뭔가를 보려 했더니 좀 아프네."

"그렇구나. 발현한 지 얼마 안 된 마법이니까 무리하지 말고."

솔이 걱정스레 말했다. 타호는 눈물을 옷소매로 훔치며 고개를 끄덕였다.

"현자님 덕분에 얻은 게 많네. 많이 편찮아 보이시던데, 괜찮을지⋯⋯."

타호를 대신해 비켄이 읊조리듯 말했다. 설원에서의 남자가 마음에 걸리는지 유독 신경을 많이 쓰는 듯했다.

"뭘 보려 한 건데?"

그때 유진이 불쑥 타호에게 물었다.

"음⋯⋯. 도서관을 떠나기 직전에 말이야. 갑자기 어떤 책이 유독 눈에 띄더라고. 그래서 그걸 심안으로 봤어."

"심안으로 봤을 때 뭔가 다른 게 보였어?"

"응. 검은 용이 책 위에서 활개 치면서 책을 잡아먹을 듯이 입을 벌리더라. 왠지 모르게 그 모습이 불안했어."

"용이라……. 용의 일족도 그렇고, 요즘 들어 많이 듣는 단어네."

솔이 고개를 끄덕이며 말했다.

"아! 우리가 용을 도와서 세상을 구원할 존재들이라고 했잖아. 그거랑도 관련이 있나?"

아비스가 무언가 생각난 듯 말했다.

"그럼 세상을 구한다고 했으니까, 좋은 존재 아닌가?"

비켄이 눈을 동그랗게 뜨고 말했다.

"글쎄. 마냥 좋다고 하기에는…… 조금 불길해 보였어."

타호가 숨을 길게 내쉬며 말했다. 거대한 아가리를 찢는 용의 형체를 떠올리자 몸이 부르르 떨렸다. 타호는 한기가 드는 듯, 양팔을 감싸 안고 고개를 저었다.

"그 용의 의도가 뭔지는 알 수 없지만, 내가 느끼기에는 그랬어."

"보통 용은 신성한 존재로 인식되긴 하지만, 네 말대로 타호가 느낀 감도 무시하면 안 될 것 같네."

유진이 거들자, 멤버들은 모두 동의한다는 듯 서로를 바라보며 고개를 끄덕였다. 솔은 이어서 진지하게 말했다.

"우리가 아직 마법이 미숙하고, 이 세상에 대해 잘은 모르기 때문에 잘못된 판단은 할 수 있다고 생각해. 하지만 이런 감각도 영 무시할 건 아닌 것 같아. 그러니 잘 기억해두자."

뀨뀨!

솔이 진지한 기색으로 바뀌자, 볼퍼팅어가 위로하듯 다리를 타고 올라왔다. 솔은 다리에서 대롱거리는 볼퍼팅어를 안아들었다.

유진이 날카로운 눈빛을 거두지 않고 말했다.

"다들 느꼈겠지만, 용 이야기가 나와서 말인데, 나는 용의 일족도 수상해."

"맞아. 그때 주디 몸에 있던 멍 자국도 그렇고, 어린아이를 때릴 정도면……."

솔도 미간을 찌푸리며 말했다. 마법 수련을 위해 도움을 받는 처지지만, 자꾸만 싸한 느낌이 가시질 않았다. 괴한들에게서 구해줄 때만 해도 무척 고마운 존재들이었지만, 이후부터 보인 묘하게 안하무인이고 교조적인 태도가 위화감을 주었다.

"일단, 돌아왔으니까 주디에게 가 보자. 어디 있······."

솔이 말하며 주위를 두리번거렸다. 그때, 낯선 말소리가 들렸다.

"배신자의 피는 더러울 뿐이야!"

"감히 이 냇가를 이용해?"

솔은 바로 소리가 난 방향으로 고개를 돌렸다.

"솔 형, 왜······."

"쉿!"

비켄이 의아해하며 묻자, 솔은 검지를 입술에 가져다 댔다. 멤버들은 바로 침묵했다.

솔은 조심스럽게 청각에 집중했다.

어린아이들의 목소리가 어렴풋이 들려 왔다. 하지만 나이에 걸맞지 않은, 힐난이 가득한 대화가 군데군데 섞여 있었다. 누군가를 괴롭히고 있는 듯했다.

솔은 소리가 들려오는 방향을 손가락으로 가리키며 멤버들에게 속삭였다.

"이쪽으로 따라와봐."

멤버들은 마른침을 꿀꺽 삼킨 뒤 솔을 따라 살금살금 걸어갔다. 가까워질수록 대화 소리가 점점 크게 들렸다.

"눈에 띄지도 마! 너는 보기만 해도 기분이 더러워져!"

"짜증나는 배신자!"

투닥! 툭!

고성과 동시에 뭔가를 밟는 소리가 들렸다.

그걸 알아채자마자, 스타원은 기척을 숨기는 걸 그만두고 바로 달려 나갔다.

"그만둬!"

가까이 다가가자, 괴롭힘을 받는 아이가 누구인지 알 수 있었다.

바로 주디였다.

새하얀 의복이 아이들의 발길질에 더러워져 흙과 먼지로 얼룩져 있었다. 머리칼도 죄다 헝클어진 채로 엎드려 벌벌 떨고 있었다.

제 37 화

주디의 사정

괴롭히던 서너 명의 아이들은 대여섯 살쯤으로, 주디보다 훨씬 체구도 작고 어려 보였지만 순진한 얼굴만 봐서는 믿기지 않을 만큼 심하게 괴롭히고 있었다.

　비켄이 주디를 일으켜주며 물었다.

　"숨 쉬는 건 괜찮아? 혹시 토할 것 같니? 일어설 수 있겠어?"

　주디는 주위 아이들의 눈치를 보며 힘없이 속삭였다.

　"괜찮아요……."

　그 모습을 본 유진이 날카롭게 아이들에게 쏘아붙였다.

　"이게 무슨 짓이야!"

　"우리가 뭘! 쟤 그래도 된다고! 윽, 더러워."

　한 아이가 지지 않겠다는 듯 빼액 소리를 지르곤, 주디의 얼굴을 보고 코를 쥐어 잡았다.

그 행동을 본 스타원은 기가 차다는 듯 잠시 아무 말도 하지 못했다.

그때, 옆에 서 있던 작은 아이가 스타원을 가리키며 말했다.

"쟤, 쟤들! 우리 일족 아니야. 그때 장로님이 말했던 별의 아이들이라고!"

"뭐? 저렇게 하찮아 보이는 것들이 운명의 소년들이란 말이야?"

아이들은 인상을 잔뜩 찌푸린 채로, 한 발자국 떨어져서 스타원을 차례차례 노려보았다. 그중 키가 제일 큰 아이는 솔을 보더니 다른 아이들을 향해 말했다.

"아! 맞아, 기억 나. 저자가 로드님과 함께 이야기 나누고 있던 걸 내가 봤어."

그 말을 들은 아이들의 눈빛에서 순식간에 노기가 사라졌다. 방금까지의 흉흉하고 날카롭던 기색은 온데간데없었다.

"용신님이 안배한, 운명의 소년들······."

"앗, 잠깐! 그러면 저 더러운 것이 소년들에게 묻으면 안 되잖아."

키가 작은 아이들은 다시 주디에게로 시선을 옮기더니 위협하듯 주디에게 발길질을 하려 들었다. 솔이 무의식적으로 한 발 앞으로 나가 주디의 앞을 가로막았다.

"너희, 그만두지 못……."

"운명의 소년들에게서 썩 꺼져! 무슨 꿍꿍이인지 몰라도, 우리 일족의 숙원을 막지는 못할 거다!"

앞을 가로막힌 아이는 가만히 서서 마력을 모으더니, 팔을 한번 휘돌렸다.

그러자 냇가의 물들이 방울방울 솟구치더니 형상을 이뤄, 곧 뾰족한 창을 만들어냈다.

아이는 창을 주디의 얼굴을 향해 내던졌다. 하지만 그보다 비켄이 나뭇가지를 켜켜이 쌓아 방어막을 만드는 게 더 빨랐다.

물은 나무 방어벽을 뚫지 못하고 허무하게 사라졌다.

"타와키!"

아비스가 소환수를 부르자, 작게 변해 있던 타와키가 순식간에 커져 주디의 앞으로 날아들었다.

귀여웠던 부리가 날카로워지고, 작은 날개는 위협적으로 변모했다. 커다란 새가 주디의 앞을 막아서자, 아이들은 주먹을 꼭 쥐고 분한 듯 말했다.

"운명의 소년들, 저 배신자에게 속지 마세요. 어떤 계략을 꾸미고 있을지 모른다고요!"

"배신자라니. 친구에게 그런 말을 해서는 안 돼. 이렇게 폭력을 쓰는 건 더더욱 안 되고."

솔이 얼음으로 된 파편을 집어 들면서 단호하게 말했다. 유진은 놀랐을 주디의 어깨를 다독이며 손목을 잡아 자신의 뒤로 서게 했다.

솔의 말에 아이들은 서로 눈치를 보다 말했다.

"하지만 쟤랑 쟤네 가족은 용의 일족을 등지고 떠난 배신자라고요. 우리 일족에 해가 되는 존재예요."

"알아서 나갈 줄 알았는데, 바퀴벌레처럼 숨어 다니길래 겁 좀 준 것뿐이라고요."

"너희, 그게 무슨 말버릇이야!"

솔이 그만두게 했지만, 아이들은 유진의 등 뒤에 꽉 붙어 떨고 있는 주디를 보면서 바로 비웃었다.

"이젠 운명의 소년들을 구워삶아 징징거리는 꼴이라니. 그 더러운 피는 역시 못 속이는구나."

"너희들 그만두지 못해?"

유진이 나서서 일갈했다. 솔은 미간을 찌푸렸다. 얼마나 괴롭힌 건지, 하대하고 멸시하는 게 당연해 보였다.

스타원이 마법 없는 아이돌이었을 때, 아이돌계에서 퇴출하라며 시위하던 이들이 떠올랐다. 잘못한 것이 없는데도, 증오하는 것 자체에 길들어 버린 이들이 너무도 자연스럽게 보내던 분노가 생각나 참담해졌다.

솔은 한숨을 푹 내쉬었다. 자신들이 당했던 건 몰라도 주디가 괴롭힘당하도록 내버려둘 수는 없었다.

배신자니 뭐니 제 딴에는 이유가 있는 듯도 했지만, 폭력이 정당화될 수는 없었다.

하지만 아직 어린아이들인 만큼 강하게 꾸짖기는 곤란했다. 폭력에 폭력으로 대응하는 건 더더욱 근본적인 해결책이 될 수 없었다.

당장 입씨름을 하기보다 스타원이 드래곤 피크를 떠나게 되더라도 아이들이 주디를 괴롭히지 않을 완전한 해결이 필요했다.

그러기 위해서는 우선 주디를 보호하고, 자초지종을 들어보아야 할 때였다.

"……후. 우선, 너희들 어서 돌아가. 앞으론 주디 앞에 얼씬도 하지 말고."

솔의 말에 아이들은 주디를 노려보며 씩씩거렸다.

"너, 어서 썩 꺼지는 게 좋을 거야!"

"맞아. 오늘은 운명의 소년들 덕분에 산 줄 알아!"

"너, 다음에 봐!"

아이들은 끝까지 험한 말을 내뱉으며 뒤돌아 후다닥 뛰어 도망쳤다.

아이들이 사라지자, 스타원은 주디의 상태를 점검했다. 다행히 큰 상처는 없는 듯했지만, 여기저기 맞은 흔적이 가득했다. 어서 숙소로 돌아가 치료해줘야 할 것 같았다.

멤버들이 걱정 가득한 눈빛으로 상처를 훑어보자, 주디는 머쓱하다는 듯 웃으면서 머리칼을 긁적였다.

"도와주셔서 감사합니다. 하지만 이제 괜찮아요. 흔한 일인 걸요."

"흔한 일이라니. 줄곧 괴롭혀 왔던 거야?"

솔이 걱정스레 묻자 주디는 천천히 고개를 끄덕였다.

"그냥 넘기면 안 돼, 주디. 그냥 두고 볼 수는 없어. 용의 일족에게 말하고, 담판을 지어야 할 것 같아. 작고 여린 아이를 이렇게 괴롭히는데도 가만히 있다니."

유진이 말하자 타호도 동조했다.

"맞아. 분명 모를 리 없었을 텐데 말이야. 흠, 그때 봤던 로드라는 사람에게 말하면 되나."

타호의 말에 주디는 소스라치게 놀라며 외쳤다.

"안 돼요!"

갑작스러운 외침에 다들 깜짝 놀라 주디를 쳐다보았다.

"아프지 않아요, 다치지도 않았고요! 로, 로드님께 말하지 마세요!"

"왜 그래, 주디? 그 사람이 아는 게 두려운 거야? 저번에 멍도 그렇고 수상했는데, 이제 더는 넘어가면 안 되겠어."

솔이 어르듯 말했다.

"하, 하지만……."

주디는 고개를 푹 숙이며 말했다. 울음이 나와 목이 잠기는 탓에 말하기가 어려운지 목을 몇 번 가다듬었다.

"누구도 저를 도와주지 않을 거예요. 저는 괴롭힘 당해도 할 말 없는걸요."

"그게 무슨 소리야? 폭력은 어떤 이유로도 정당화될 수 없어."

유진이 무릎을 꿇어 주디와 시선을 맞추며 말했다. 그러곤 진정하라며 등을 토닥거려주었다.

"다들 들으셨잖아요. 제가 배신자라는 걸요."

타호가 고개를 저으며 말했다.

"주디, 네가 무슨 일을 했든 아직 어리잖아. 이렇게 작은 아이가 일족을 배신하는 엄청난 일을 저지르지는 않았을 거 같아."

"게다가 주디는 침착하고 성실하잖아. 우리에게도 항상 상냥하고 말이야. 혹시나 실수로라도 그렇게 큰일을 벌일 것 같지도 않단다."

비켄도 부드러운 어조로 달래주자, 주디는 결국 울어버리고 말았다. 닭똥 같은 눈물을 뚝뚝 흘리며 말했다.

"아, 아버지가 일족을 등지고 나갔어요."

스타원은 의외의 인물이 거론되자 조금 놀랐지만, 내색하지 않고 팔짱을 끼면서 생각에 잠겼다.

주디는 소매로 눈물을 벅벅 닦았다. 그게 안쓰러워서 비켄은 깨끗한 천을 줬다.

"주디야. 그러면 피부 아파. 이걸로 닦아."

주디는 훌쩍거리며 천을 받아 들고 코를 팽 풀었다. 드러난 눈가는 벌게져 있었다.

"……일족을 등진다는 건, 용의 일족이 쓰는 마법의 비전을 가지고 도주하는 거예요."

"어, 어디로 가셨는데?"

타호가 고개를 갸웃거리며 물었다.

"멸룡도가요. 주황빛 도포를 두르고 다니는……."

"주황색 도포?"

순간, 스타원의 머릿속에 바로 떠오르는 존재들이 있었다. 공연장에서, 그리고 주차장에서 공격해오던 정체 모를 괴한들이었다.

"잠깐. 그럼 용의 일족이 배신하면 멸룡도가가 되는 건가?"

솔이 이마를 짚으며 고민하는 사이, 아비스가 말했다.

"그 괴한들의 수가 꽤 되던데, 그렇게 많이 빠져나갈 수 있는 걸까?"

주디가 손사래를 치며 말했다.

"아뇨, 그렇게 흔한 일은 아니에요! 지난 100년간 일족을 배신한 사람은 단 한 명이에요. 제 아버지요. 아, 제 동생도 함께 나가긴 했지만요."

"그런 거라면, 마법을 쓰는 집단이 애초에 하나였는데 이상과 목적이 달라서 갈라선 게 아닐까? 서로 크게 터치하지 않는 걸 보면 말이야. 저번에도 용의 일족이 나타나니까 괴한들이 바로 물러섰잖아."

핵심을 잘 파악하는 타호가 그럴듯한 결론을 내렸다. 멤버들이 주디에게 대답을 구하듯 바라보자, 주디는 비켄이 준 천을 두 손으로 꽉 쥐며 말했다.

"맞아요. 서로의 세력을 크게 방해하진 않지만, 한 집단에서 다른 곳으로 넘어가는 건 변절자 취급을 받아요."

주디는 한번 말을 시작하자 조금 숨통이 트이는지 빠르게 말했다.

"원래는 그 정도의 사이였지만, 요즈음, 특히 운명의 소년들이 나타난 이후부터는…… 흡!"

주디는 말하던 도중 숨을 들이켠 뒤 입을 두 손으로 틀어막고 토끼눈을 떴다.

"응? 왜? 괜찮아. 우리에게 말해줘도 돼. 이야기가 새어나가는 일은 없을 거야."

솔이 안심시키자, 다른 멤버들도 고개를 끄덕이며 주디의 눈을 바라보았다. 그러자 주디도 조심스레 말을 꺼내기 시작했다.

"지난번 멸룡도가 운명의 소년들을 공격했을 때, 용의 일족이 나서서 구해줬죠? 그게 두 집단의 첫 전투였어요. 그전에는 약간의 신경전만 이어져 왔고 직접 부딪친 건 그때가 처음이었어요.”

“아, 그때가…… 처음이었구나.”

솔은 주차장에서의 격전을 떠올렸다. 스타원이 괴한들의 손아귀에 넘어가기 직전, 압도적인 무력으로 그들을 구해줬었다.

“그 소식을 다들 들었는지, 그 이후부터 운명의 소년들을 채가려고 한 멸룡도가에 대해 악감정이 심해진 것 같아요. 그 분풀이를 제게 하는 것 같고요.”

스타원은 주디의 말을 듣고 모두 깊은 한숨을 내쉬었다. 주디가 괴롭힘 받는 이유에 자신들이 가담한 것 같아 마음이 아팠다. 그래서 더더욱 이 상황을 타개해야겠다는 다짐이 들었다.

솔은 자신도 모르게 안타까운 표정을 짓고 있었지만, 행여 주디에게 더욱 상처가 될까 얼른 지우고 물었다.

“우릴 두고 멸룡도가와 용의 일족이 싸우고 있는 거지? 음, 아버지가 왜 용의 일족을 떠나셨는지 물어봐도 될까?”

주디는 잠시 머뭇거리다 손을 꼼지락거리며 말했다.

“그게 사실은요. 아빠도 일족을 나가고 싶어 하지 않았어요. 그런데 엄마랑 동생이 큰 병에 걸렸어요. 병이 나으려면 로드만이 가지고 있는 귀한 포션이 필요한데, 그걸 내어주지 않았어요. 더 귀한 곳에 써야 한다면서요. 아빠는 애원했지만, 로드는 절대 주지 않았어요."

"세상에 하나밖에 없는 거야?"

비켄이 묻자 주디가 훌쩍이며 대답했다.

"아뇨, 세 개 정도 있는 거로 알고 있어요. 하나는 멸룡도가에 있을 수도 있어서, 아버지는 포션을 찾으러 떠난 거예요."

비켄은 순간 주머니에 든 유리병을 툭툭 두들겼다. 잘은 모르지만, 여기에 채워지는 액체가 그 포션일 수도 있다는 예감이 들었다.

액체는 아직도 겨우 바닥에 찰랑일 정도였고, 잘 채워지지 않았다. 비켄은 이 유리병의 존재를 들키지 않아야겠다고 한 번 더 마음속으로 확신했다.

"로드는 끝까지 주지 않았고, 어머니는 결국 돌아가셨어요. 그날, 아버지는 동생을 업고 드래곤 피크를 떠났어요. 동생이라도 살릴 수 있도록."

주디는 그날을 생각하자 북받친다는 듯 더 히끅거렸다.

"드래곤 피크에서 외부로 나가는 모든 길목에는 감시요원이 있고, 수많은 마법 결계가 있어요. 그래서 몰래 들어오는 것도 나가는 것도 불가능하죠. 아버지는 동생을 업은 채로 수십 명의 요원과 격전을 벌이며 겨우 빠져나갔어요."

주디는 그날을 회상하며 말을 이어 갔다.

"실은, 저도 함께 나가려고 했었어요. 탈출하는 길목의 산중턱까지는 함께 올랐지만, 한 요원에게 잡히고 말았어요. 아버지는 저를 보며 갈등하다, 결국…… 동생을 살리기로 택한 것이고요."

솔은 우는 주디가 매우 안타까웠다.

"힘든 기억일 텐데 말해줘서 고마워, 주디."

솔이 어깨를 토닥여주었다. 비켄도 한숨을 푹 내쉬고 말했다.

"그러게. 가족이 떠나는 뒷모습을 보고 보내주는 게 쉽지 않았을 텐데."

타호도 깊게 한숨을 쉬며 안타깝다는 듯 말했다.

"에휴. 얘가 무슨 잘못이라고……."

"하지만 이제 괜찮아요. 그, 그래도 도망치다가 걸렸는데도 로드님이 이곳에서 계속 살 수 있게 허락해 주셨고, 음, 또……."

"쉿, 그만. 잘못된 건 잘못된 거야. 정당화할 필요 없어. 힘들면 힘들다고 해도 돼."

주디가 또다시 자책하려 하자 유진이 작은 손을 살포시 잡고 말해 주었다.

주디는 수건을 꽉 쥔 채 손을 부들부들 떨었다.

처음이었다. 누군가 자신을 이해해준 건.

그리고 위로해줬다.

눈물이 다시 났다. 울음을 그칠 수가 없었다. 주디는 크게 울어버렸다.

"으아아앙!"

그 모습을 본 스타원은 피식 웃어버렸다.

"주디, 어른스럽게 행동하더니 역시 아기였구나."

아비스가 따스한 눈빛으로 바라보며 작게 말했다. 그 말을 들은 주디는 주저앉아서 더욱 울었다.

"웃차!"

유진은 우는 주디를 바라보다가 안아 올려 어깨에 들쳐 메었다.

"숙소로 돌아가자. 늦겠다."

너무도 가볍게 들어 올리는 모습에 아비스가 눈을 휘둥그레 떴다.

"유진 형, 힘이 점점 세지는 것 같아. 천하장사 아니야?"

"아니, 주디가 너무 가볍네. 음식은 제대로 챙겨 먹는 건지⋯⋯."

그도 그럴 것이, 주디는 작은 체구임에도 앙상하게 마른 것이 보이곤 했다. 이제까지는 그냥 마른 정도로 생각했지만, 제대로 먹을거리를 주지 않은 듯 보였다.

그래서 그 요상한 수프로 끼니를 때운 것이 아닌지, 영양 상태가 걱정되었다.

선해 보이는 행색을 한 용의 일족이지만, 전부터 느꼈던 위화감은 점점 현실로 다가왔다.

솔은 고개를 들어 복잡한 눈빛으로 하늘을 바라보았다.

숲이 우거진 드래곤 피크에 붉은 노을이 가라앉고 있었다.

제 38 화
의논

타닥- 타닥-.

숙소로 돌아온 뒤, 비켄이 주디의 상처에 약초를 발라주고 울트라 빔을 쏘아주자, 조금 상태가 호전된 듯했다. 주디는 고맙다며 연신 고개를 꾸벅거리다가 피곤한 듯 단잠에 빠졌다.

소파에서 잠든 주디를 안아 침대에 눕히고 이불을 살포시 덮어준 뒤, 불을 끄고 방문을 닫아주었다.

스타원은 다들 거실에 앉아 타오르는 벽난로를 바라보고 있었다. 불꽃은 일렁이며 흔들리다가 사그라지기를 반복했다.

얼마나 그렇게 있었을까. 다른 세계에 다녀온 뒤로 잠시도 쉬지 못한 채 밤이 깊었지만 누구도 잠에 들지 않았다. 고요한 적막을 솔이 먼저 깨고 말했다.

"아까 주디가 한 말 중 의아한 게 있어. 대체 왜 멸룡도가와 용의 일족은 서로 우리를 가지려 하는 걸까."

유진이 기다렸다는 듯 말했다.

"맞아. 별의 아이들, 운명의 소년들…… 알 수 없는 명칭투성이라 잘은 모르겠지만, 우리의 정체성이 근본적인 이유 같아. 그들의 어떤 목표와 관련이 있는 걸까?"

타호가 고개를 끄덕이며 말했다.

"우리도 가만히 시키는 대로만 움직이면 안 될 것 같아. 그들의 목적을 생각해보자. 아까 분명 서로의 가치관이 달라서 분리되었다고 했잖아."

"그렇지. 어디서부터 생각해볼까. 음, 이름? '멸룡도가'와 '용의 일족'……. 둘 다 용이 들어가 있어. 용을 없애는 가문과 용의 일족……."

비켄의 말에 솔이 주먹으로 손바닥을 탁 치며 깨달은 듯 말했다.

"그러네! 용과 관련된 어떤 일로 싸우고 있는 것 같아. 평소에 용신이라는 말을 자주 하기도 했고."

타호도 턱을 괴고 고민하다가 동조했다.

"아, 그때 본 표지의 검은 용도 관련이 있는 걸까?"

타호는 서고에서 마주한 용을 떠올렸다. 그때를 생각하면 또 눈이 시큰거리는 듯했다.

타호의 말에 솔이 고개를 무겁게 끄덕였다.

"그것도 그렇고…… 우리는 용과 관련된 무엇을 위해 안배된 존재들일지도 몰라. 로드에게 묻는다고 대답해 주지 않을 건 뻔하고……. 흠, 당분간은 우리의 능력을 키우면서 조금씩 알아내보자."

"주디가 뭔가 알고 있지 않을까?"

아비스의 말에 비켄이 고개를 내저었다.

"에이. 아직 작은 꼬마가 그런 일을 알려고? 그보다 주디 일, 우리가 빨리 해결해줘야지."

"주디가 괴롭힘당하는 건 내일 바로 로드에게 말해야 하지 않을까? 뭔가 조치를 취하……지 않을 수도 있는 것 같긴 하지만."

아비스가 말하자 솔이 대답했다.

"조치를 취하든 말든, 내일 바로 요구하긴 할 거야. 주디를 보호하라고. 아니면 우리도 여기서 당장 나갈 거라고 해야지."

"저, 정말?"

"원하는 걸 얻기 위해선 때로는 강하게 밀어붙여야지."

온화하게 보이는 솔은 중요한 시점에는 다른 사람인 것처럼 강단 있는 태도를 보였다. 리더로서 늘 신뢰하게 되는 멋있는 지점이기도 했다.

그때 타호가 말했다.

"하지만, 그러면 곤란한데. 아직 익힐 마법도 많으니까. 마법서 해석도 못 했고, 우리가 멸룡도가를 상대할 만한 힘을 키웠는지도 미지수야. 용의 일족과 서로 우리를 가지려 하고 누가 옳은 건지는 알 수 없지만, 그들은 진심으로 우릴 죽이려는 것 같았어."

타호가 이마에 손을 얹고 한숨을 푹 내쉰 뒤 말했다.

"어쨌거나 우리가 마법을 익힐 수 있게 해줄 이들은 용의 일족이 유일해."

타호의 말에 멤버들은 각자 생각에 잠겼다. 마법을 탐구하는 데 가장 욕심이 있던 타호답게 현실적인 말을 했다. 하지만 조금 서운한 감정이 드는 건 어쩔 수 없었다. 솔이 한마디를 더 꺼내려던 찰나.

"그래도 말이야. 주디를 모른 척할 순 없어. 나도 똑같이 요구할 거야. 설령 다시는 마법을 못 쓰게 된다고 해도 말이야."

타호의 이어진 말에 멤버들은 안색이 밝아지며 동시에 말을 꺼냈다.

"그건 그래!"

"맞아, 말해야지."

"그래. 그럼 내일 바로 말하자."

솔은 다행이라는 듯 미소 지으며 한숨을 돌렸다.

타닥. 탁!

장작불의 불씨가 튀어 올라 비켄의 손에 닿았다.

"앗, 뜨거!"

비켄은 작게 혼잣말한 뒤, 쓰읍거리며 손등을 문질렀다. 그러곤 열감을 식히기 위해 주머니에 든 유리병을 무의식적으로 만졌다.

'아, 그러고 보니⋯⋯.'

비켄은 유리병을 꺼내, 조금 차오른 포션을 불빛에 비쳐 이리저리 돌려 보았다. 이게 꽉 찬다면 주디의 동생을 살릴 수 있을지도 몰랐다.

비켄은 유리병을 다시 주머니에 꼭꼭 넣으며, 빠르게 포션을 채우리라 혼자만의 목표를 세웠다.

그때, 선물 받은 망원경이 담긴 마법 장갑을 만지작거리던 타호가 벌떡 일어나며 말했다.

"아니, 그런데 말이야. 왠지 더 강한 마법은 안 가르쳐주는 것 같지 않아? 이런 마법 아티팩트도 안 주고."

"그러게. 의도적으로 뭔가 자꾸 감추려 하는 느낌이 들어. 앞으로는 우리가 더 적극적으로 요구할 필요가 있을 것 같아."

유진이 그런 타호를 보며 동의했다.

"오늘도 수업을 무단으로 안 나가긴 했지만……."

아비스가 말하자, 멤버들은 모두 아차 싶었다.

"이런, 한 소리 듣겠다. 그 까칠한 강사한테."

비켄은 외알 안경을 쓴 남자를 떠올리며 어깨를 부르르 떨었다.

"우리 이제 다른 세계로 넘어간다 해도, 시간을 지체하지 않고 바로 돌아와야 할 것 같아. 이런 일이 잦아지면 강하게 의심받을 거야."

솔이 말하자, 유진이 거들었다.

"맞아. 그럼 소지품을 검사할 수도 있고, 감시하에 움직이게 될 수도 있어. 이번에만 잘 둘러대 보자. 음……, 아픈 주디를 보살피느라 늦었다든가."

유진의 말에 모두 고개를 끄덕였다.

"어쨌거나 그 강사에게 더 강한 마법을 가르쳐달라고 하자. 괴한 습격 때도 그렇고, 천장이 무너질 때도 진짜 아찔했어."

비켄은 지팡이를 쓱쓱 쓰다듬었다. 그때 이 지팡이로 겨우 막았었다.

"지금 우리가 하는 공격은 별 효력이 없고, 몇 번 막는 게 다인 거 같아."

아비스가 말했다. 괴한 멸룡도가는 언제 마주쳐도 항상 태산처럼 강했다. 몇 단계는 위에 있는 듯한 느낌이었다.

벽난로는 여전히 붉게 타올랐다. 솔은 흔들리는 불꽃을 바라보았다. 일렁이는 불꽃처럼, 마음이 불안했다.

가야 할 길이 막연해서 가끔은 힘에 부쳤다.

'우리가 잘할 수 있을까.'

이럴 때 마음을 다잡기가 힘들었다.

솔은 착잡한 심정으로 멤버들을 둘러보았다. 각자 생각에 잠겨 있었다. 특히 타호는 소파에 기대 누운 채, 팔로 눈을 가리고 깊은 고뇌에 빠져 있는 듯했다.

쌔액- 쌔액-.

그때, 장작 타는 소리 속에 고른 숨소리가 함께 들렸다. 살짝 시신을 돌리니, 타호의 가슴이 숨소리에 맞춰 오르락내리락하고 있었다. 고뇌에 빠진 게 아니라 잠에 든 모양이었다.

"풉."

솔은 입을 막아 작게 웃었다. 생각해 보면 오늘 참 많은 일이 있었다. 피곤할 만도 했다.

유진도 그런 타호를 보고 피식 웃더니, 자리에서 일어나 타호를 어깨에 둘러맸다. 몸이 움직이면 깰 법한데, 타호는 계속 잠든 채였다.

"우리도 이만 쉬자. 벌써 밤이야."

솔이 멤버들을 향해 말했다.

뀨-.

볼퍼팅어가 솔의 발목을 붙잡고 울었다. 솔은 볼퍼팅어를 안아 올리며 멤버들을 바라보았다.

기분 탓인가, 다들 키가 자란 거 같았다. 특히 막내인 아비스가 훌쩍 커진 느낌이었다.

솔은 왠지 뿌듯하게 웃으며, 앞서가는 유진의 넓은 등을 바라보았다.

'무슨 일이 생기더라도…… 이렇게 다 같이 있으면 괜찮지 않을까.'

솔은 어깨를 으쓱했다. 감이지만 말이다. 현자가 엘프의 아이라고 했던 만큼, 이 예지가 맞기를 마음속으로 바랐다.

그때였다. 솔의 등 뒤가 묘하게 따끔거렸다. 솔은 갑자기 뒤를 확 돌아봤다.

아비스가 물었다.

"솔 형? 왜?"

"아니. 갑자기 시선이 느껴져서."

순간, 기분 나쁜 오싹한 한기가 들었다. 솔은 소름이 오소소
돋아 있는 목덜미를 쓸어내렸다.

아비스도 뒤를 돌아보았지만, 아무도 없었다.

"아무것도 없는데? 형, 피곤한가 보다."

"그런가. 그냥, 기분 탓인가 봐."

솔은 불길한 기분을 애써 떨쳐낸 뒤, 무거운 발걸음으로 방
을 향했다.

하얗고 차가워 보이는, 대리석으로 지어진 석조 건물 안.

푸른색 러그가 깔린 집무실은 아늑해 보일 법도 하건만 냉
엄한 분위기를 잃지 않았다.

높은 천장을 받치고 있는 하얀 기둥 뒤편으로 커다랗고 환
한 아치형 통창이 보였다.

양쪽의 벽면은 죄다 책장이었고, 고풍스러운 책상 위에는 알 수 없는 문서가 가득했다.

하얀 머리칼, 녹안의 남자는 창 앞에 서서 밖을 바라보고 있었다. 무슨 생각을 하는지 알 수 없는 눈빛이었다. 입꼬리도 일직선으로 굳게 다물어진 채였다.

그의 시선 너머로 콜로세움이 한눈에 보였다. 구름 한 점 없는 파란 하늘이 펼쳐져 있었다.

솔은 말없이 남자의 뒷모습을 바라보았다. 처음 본 모습과 전혀 달라진 바가 없지만, 왜인지 다르게 보였다.

처음엔 정체 모를 괴한들로부터 구해주고 마법 수련까지 도와주는 선량한 이들로 보였다. 고맙고 대단한 존재로만 보였다.

하지만 이들과 함께하는 시간이 길어질수록, 더는 신비롭고 강인한 이들로 보이지 않았다. 교활한 속내를 감추고 있는, 경계해야 할 대상으로 느껴졌다.

솔과 멤버들은 일렬로 서서, 창밖을 내다보는 로드를 가만히 바라보고 있었다.

로드는 창밖에서 시선을 떼지 않은 채 말했다.

"할 말이 많은 표정이군요."

"네. 드릴 말씀이 있습니다."

솔이 낮은 목소리로 말했다. 로드는 그제야 고개를 돌려 마주 보았다.

"좋습니다. 해보십시오."

솔은 침착하게 심호흡했다. 가장 중요한 안건부터 말해야 했다.

"이곳의 몇 아이들이 한 아이를 집단으로 괴롭히고 있어요. 비난하는 말을 퍼붓고, 심지어 폭력까지 쓰고 있습니다. 알고는 있었나요? 이렇게 높은 곳에서 내려다보고 있으면 모를 것 같지는 않은데요."

드래곤 피크의 모든 곳이 속속들이 보이는 드넓은 창. 로드가 집무실로 사용하는 이곳에서 그게 보이지 않을 리 없었다. 어제 주디가 괴롭힘당하던 냇가도 창가의 왼쪽 한구석에 버젓이 보였다.

말하는 동안 로드 너머 냇가를 본 솔은, 다시 로드를 바라봤다. 표정에 조금의 균열도 생기지 않았다. 그 모습을 보자니 점점 감정이 격해졌다. 솔은 창 너머 냇가를 손가락으로 가리키며 말했다.

"바로 저곳에서 일어난 일이에요. 그 애들은 숨지도 않고,

버젓이 당당하게 괴롭히고 있었다고요!"

그러자 스타원은 모두 솔이 가리킨 곳을 확인하고, 로드가 폭력 사태를 지켜만 보고 있었다는 걸 깨닫고는 더욱 큰 분노에 휩싸였다.

"하, 전부 알면서도 모른 척했다니……. 당장 조치를 취하세요. 주디를 그 아이들과 마주치지 않도록, 아니, 평생 주디 주변에 접근하지도 못하게 격리시키세요!"

유진도 기가 찬다는 듯 한숨을 내뱉고 크게 말했다.

로드는 여전히 창밖에서 눈을 떼지 않고 있었다. 미간은 살짝 찡그린 채였다. 이들이 뭐라 하든, 마치 모기가 귀 주변에서 앵앵거린다는 듯 귀찮아하는 기색이었다.

그때 타호가 앞으로 한 발자국 성큼 나서며 말했다.

"듣고 있는 건가요? 당장 그 아이들에게 엄벌을 내리지 않으면, 우리도 마법 배우기를 중단하고 나갈 거예요. 용신이고 뭐고, 당신네들 사정 알 바 아니에요."

다소 격해 보이는 타호였지만 누구도 말릴 생각은 없었다.

"맞아요. 저희 모두 같은 생각입니다. 주디를 보호하겠다고 약속하지 않으면 지금 당장 짐을 싸서 나갈 거예요."

비켄이 한 번 더 말하자 아비스도 고개를 끄덕였다. 로드는 그제야 눈썹을 들썩였다. 창에서 시선을 떼고 스타원을 흘깃 돌아보았다.

"아이라⋯⋯, 배신자의 딸 말이군요. 오지랖도 넓군요. 그냥 부리라고 곁에 붙여 놓은 존재입니다. 신경 쓰지 않아도 돼요."

"그렇게 작은 아이를 부리라니요. 애초에 사람은 누구도 부려서는 안 돼요. 식사 준비나 청소도 우리가 직접 할 겁니다. 그 아이를 치료하고 쉬게 하세요. 늘 맞은 탓에 온몸이 멍투성이예요."

솔은 주먹을 꽉 쥐고 말했다. 주디의 하얗고 가냘픈 온몸을 덮은 보라색 멍이 떠올랐다. 생긴 지 오래된, 폭력이 누적되어 생긴 멍이었다. 아이들은 때론 어른보다 잔인하다.

로드는 눈을 가늘게 뜨고 잠시 생각에 잠겼다.

스타원은 모두 눈을 부릅뜨고 그를 바라보았다. 호락호락하게 넘어가주지 않겠다는 강한 의지가 드러났다.

제 39 화

로드와의 대화

"정말 쓸데없는 것에 신경 쓰는구나 싶지만…… 뭐, 원한다면 그렇게 해주죠."

들어주겠다고 했지만, 솔은 여전히 저 말투가 거슬렸다.

"다른 이가 요구했다면 가볍게 무시했을 테지만, 당신들은 별의 아이들이니까요. 용신을 도와 세상을 구원할 소중한 존재들이니, 그 정도 요구쯤은 수락해주죠."

로드의 냉정하고 거만한 말투에 솔은 가슴이 답답해졌다. 이들은 주디가 안쓰러워서 폭력을 그만두게 하는 것이 아니었다.

그저 자신들의 편의를 위한 하나의 방편이었다. 계속해서 요구하지 않는다면, 혹은 스타원이 드래곤 피크를 떠난다면 언제 다시 폭력에 노출되도록 할지 몰랐다.

솔은 입술을 짓씹고 말을 이었다.

"그렇다고 주디를 돌아다니지 못하게 하면 안 돼요. 주디는 자유롭게 다녀도, 그 아이들이 얼씬도 하지 못하게 근본적으로 해결하세요. 눈속임하는지 여길 떠난 뒤에도 찾아와서 계속 확인할 겁니다."

솔의 이어진 말에 로드는 관심도 없다는 듯 무성의하게 고개를 천천히 끄덕일 뿐이었다.

"네, 네. 뭐, 용건은 이게 다입니까?"

로드는 귀찮다는 듯 집무실 책상 주변을 한 번 돌더니, 고개를 들어 스타원을 바라보며 말했다.

그때 유진이 로드에게 가까이 다가가며 말했다.

"지금보다 높은 수준의 더 강한 마법을 가르치세요. 당신들, 일부러 기초적인 마법만 반복해서 시키고 있죠?"

외알 안경의 강사에게서 강의를 받을 때 늘 느끼던 것이었다. 모두 어느 정도 익힌 마법을 계속해서 반복시킬 뿐, 그보다 강한 수준의 마법을 배우는 단계로 넘어가지 않았다.

주디에게서 듣지 않았다면 포션과 같은 마법 아티팩트가 세상에 존재한다는 사실도 몰랐을 터였다. 마법을 수련하게 해 주겠다는 핑계로 스타원을 이곳에 불러 모았지만, 일부러 그들의 한계를 정하고 넘지 못하게 하는 듯한 느낌이 들곤 했다.

대신 말끝마다 용신, 용신 하며 신성한 용신을 우러러 섬겨야 한다는 사상만 주입하듯 앵무새처럼 말할 뿐이었다.

로드는 팔짱을 끼고 잠시 대답을 멈추었다. 말을 고르는 듯 고개를 숙인 채였다. 거절의 뉘앙스인 듯 보여 유진이 한마디를 더 하려던 참이었다. 솔이 불현듯 뭔가 생각난 듯 유진의 손목을 잡았다.

"그때 그 천장, 유리 천장을 부순 이들의 정체."

솔은 혼잣말하듯 읊조렸다. 그 말을 들은 로드는 흥미롭다는 듯 솔을 지그시 바라보았다.

"유리 파편이 떨어지는 와중에 급히 도망가는 작은 인영을 봤어요. 당신들과 같은 하얀 의복을 입고 있었고요. 그건 자연재해가 아니었어요. 마치 우리의 마법 능력을 테스트하기 위한 방편 같았어요."

"그게 내가 한 짓이란 말입니까?"

로드는 짐짓 불쾌하다는 표정을 지으며 솔을 향해 말했다. 하지만 솔은 아랑곳하지 않고 말을 이어갔다.

"비켄이 식물 마법을 통해 겨우 막아내긴 했지만, 자칫하면 수많은 이들이 다쳤을 위험한 일이었어요. 그렇게까지 해야 했습니까? 목표를 위해서라면 많은 이들의 희생 따위는 안중에도 없어요?"

로드는 잠시 침묵하다가, 더 숨길 필요도 없다는 듯 입꼬리를 비틀어 올리더니 말했다.

"어느 정도의 방어 능력이 있는지 확인해야 했습니다. 별의 아이들이라면 그 정도는 가뿐히 막아내리라 생각도 했고요. 뭐, 덕분에 더 큰 마법도 쓸 수 있도록 각성도 했으니 좋은 것 아닙니까?"

로드의 말에 유진이 조소하며 말했다.

"하, 저희가 만약 방어에 실패했다면요? 다칠 많은 사람들은 관심 없나요? 용의 일족은 그런 곳인가 보군요."

유진이 몰아붙여도 로드는 끄떡도 하지 않았다. 팔짱을 끼고 가만히 있을 뿐이었다. 타호가 앞으로 나서며 말했다.

"제대로 가르쳐 준 것도 없으면서 테스트는 무슨 테스트. 당장 당신들과 같은 수준의 마법을 가르치세요. 초급적인 훈련만 돌리지 말고요."

"그리고, 다시는 다른 이들까지 위험해지는 테스트는 하지 마세요."

비켄은 그날 자신이 아슬아슬하게 막지 않았더라면 생겼을 참사를 떠올리며 말했다.

"위험해지는 건 저희로도 충분합니다. 관련 없는 사람들을 희생시키지 마세요."

아비스도 아랫입술을 깨물며 말했다. 타와키가 괜찮냐는 듯 어깨에서 깃털을 살짝 부볐다.

로드는 침묵하며 스타원을 한 명씩 천천히 바라보았다. 그러다 타호와 비켄의 불룩한 주머니에서 눈길을 멈추었다.

시선을 느낀 둘은 움찔하며 주머니 속에 손을 넣어 목을 큼큼거리며 헛기침했다. 다른 멤버들도 아티팩트의 존재가 들킬까 조마조마했다.

"숙소에 두고 오지……."

아비스가 복화술로 비켄에게 속삭였다. 비켄의 이마에서 땀이 흘러내렸다.

"흠……."

로드는 침음을 흘리며 냉소적인 미소를 지었다.

"이미 스스로 재미난 일을 많이 하고 있는 것 같은데요?"

주머니를 뒤져보려고 할까 걱정된 솔이 입을 열어 화제를 돌리려던 참이었다.

"좋습니다. 감추거나 막는다고 언제까지고 이렇게 지낼 수는 없으니. 애먼 데서 어긋난 진실을 알아 오느니 우리가 먼저 알려주는 게 낫죠."

단번에 이해되지 않는 말이었지만, 역시나 스티원에게 중대한 정보는 감추고 있다는 사실은 맞는 듯했다. 솔은 더욱이 빨리 마법을 강하게 익히며 이들이 숨기고 있는 내면을 알아내야겠다고 다짐했다.

"그럭저럭 기초 과정은 끝낸 듯한데, 이제 내재된 종족의 힘을 더 확실하게 꺼내는 훈련을 시작하죠."

내재된 종족이라. 늘 엘프니, 대지의 아이니 하는 말들을 들었었지만 무슨 뜻인지 정확히 알지 못했었다. 이제 그에 관련해서도 한 발짝 가까워질 수 있을 듯했다.

"대신 매우 고통스러울 겁니다. 종족을 깨우고 그 힘을 얻는 건 큰 대가를 요하니까요."

"그런 건 괜찮습니다. 참는 덴 이골이 났어요."

유진이 단호하게 말하자, 로드는 아무래도 좋다는 듯 고개를 홱 돌렸다. 그때 타호가 앞으로 한 발자국 나서며 물었다.

"용은 정말 인간에게 이롭기만 한, 신성한 존재인가요?"

그 말을 들은 로드의 눈꺼풀이 파르르 떨렸다. 어떤 질문에도 이처럼 격한 반응은 보이지 않았던 터라 새삼 의아했다.

"무슨 뜻인지 물어도 됩니까?"

"용은 신성한 존재라고 여겨지긴 하지만, 가끔 설화에서 두려운 존재로 표현되기도 하잖아요. 용은 정말 우리에게 이로운 존재가 맞나요?"

"하아……."

로드는 하얀 머리카락을 쓸어 넘겼다.

"이런 무지한 질문을 받을 줄 몰랐군요. 감히 용신의 신성함을 모욕하다니요. 당신들이 운명의 아이가 아니었으면 당장 눈앞에서 치웠을 것입니다. 무지도 이 정도면……."

로드는 입술을 깨물며 말했다.

"됐습니다. 이만 돌아가십시오."

타호는 뭔가 더 말하려다가 이내 입을 다물었다. 늘 냉정해 보이던 로드의 두 팔이 떨리고 있는 것을 보았기 때문이었다.

아직은 직감으로만 느끼는 것이기 때문에 확실히 물어보기도 애매한 부분이 있었다. 타호는 다음 기회를 노렸다.

로드의 축객령에 스타원은 뒤돌아 집무실 밖으로 나왔다.

스타원이 떠난 뒤, 로드는 숨을 한번 내쉬며 욱했던 감정을 추슬렀다.

"하, 감히 그런 말을……. 뭐, 그래도 꽤 관심을 보이고 있군. 조금씩 더 자극하면 정말 가능할지도 몰라."

로드는 소년들이 떠난 빈자리를 가만히 응시했다. "점점 스스로를 지키려는 마음이 커지고 있어. 내재된 종족을 일깨우는 데 필요한 동력이 커지고 있단 말이지."

로드는 입꼬리를 올려 피식 웃으며 말했다.

"꽤나 시간이 필요할 줄 알았는데…… 별것 아닌 함정에도 잘 움직여 주는군. 역시 태생이란 건 어쩔 수 없나."

로드는 시선을 돌려 창밖의 냇가를 바라보았다. 아이들이 있던 자리였다. 그러곤 희미한 웃음기가 묻은 목소리로 중얼거렸다.

"모든 것은 용신의 뜻대로……."

목소리는 곧 공기 중에 흡수되듯 사라졌다.

스타원은 기분이 언짢은지, 다들 불만 가득한 표정이었다.

건물 밖으로 나온 스타원은 로드의 시선이 닿지 않을 숙소를 향해 바로 갔다. 하지만 숙소도 감시에서 안전한 것인지조차 미지수였다. 이제 아무도 믿을 수 없게 되었다.

순간, 용의 일족의 거대한 눈 아래 있는 드래곤 피크에 있는 것이 갑갑해져 왔다. 타호는 잔뜩 인상을 찌푸린 채 말했다.

"용에 관해 묻기만 해도 저렇게까지 격한 반응을 보이는 게 수상해."

"용을 숨기는 일족이라고 쳐도…… 단순한 질문조차 의도적으로 배척하려는 느낌이야."

타호가 말하자 솔도 동의하며 말했다.

"이젠 정말 저들을 신뢰하면 안 될 것 같아. 다들 같은 의견이지?"

솔이 모두를 둘러보며 물었다. 다들 고개를 끄덕이는 가운데 유진이 말했다.

"좋아. 우리를 괴한에게서 구해줬던 점은 고맙지만, 앞으로는 경계하자."

"내재된 종족의 힘이라……. 그것도 개방해서, 우리를 마음대로 휘두르지 못할 만큼 강해지는 거야."

타호가 마법서의 찢긴 페이지를 떠올리며 말했다.

겉으로는 선한 듯 보이지만, 묘하게 교만하며 숨기는 것이 많아 보이는 일족.

그리고 타호가 본 책의 불길한 검은 용까지.

헤쳐 나가야 할 것이 많은 거대한 세계의 그림자에서 스타원은 아직 모르는 것이 너무 많았다.

하지만 어쩐지 점점 진실의 모퉁이에 발을 들이고 있는 듯한 기분이 들었다.

"제 수업에 불만이 컸던 모양입니다? 더 고차원적인 마법을 로드에게 요구하다니."

외알 안경을 쓴 강사는, 안경을 슬쩍 고쳐 쓰며 날카로운 눈매로 말했다.

매서운 눈초리 밑 작은 눈동자가 형형히 빛났다. 늘 입가에 머물러 있는 조소도 함께였다.

스타원이 로드에게 찾아가 요구사항을 말한 다음 날. 스타원은 뭔가 많이 바뀔 것으로 기대했다. 하지만 콜로세움의 한복판에 위치한 허수아비도, 눈앞의 까칠한 강사도 여전했다.

더욱 강한 마법을 가르쳐달라고 했기에 담당 강사도 바뀔 줄 알았건만, 바뀌긴커녕 되레 비아냥거림만 늘게 되었다.

더 강한 마법을 배우려는 계획에 차질이 생길까 하여, 강사의 비꼬는 말투에도 참으며 바라보고 있을 때였다.

유진이 팔짱을 끼며 딱 한 마디 했다.

"네."

강사의 눈초리가 더욱 사나워졌다. 유진은 피식 웃으며 강사를 도발했다.

"이미 다 익힌 기초적인 마법만 계속 반복시키는데 모를 리가 있나요. 아, 혹시 더 강하거나 복잡한 마법은 가르칠 수준이 안 되시나?"

강사의 눈썹이 유진의 말에 따라 꿈틀거렸다. 입꼬리를 굳게 다문 채 유진을 노려보고 있었다.

"할 말이 없나 봐요, 사실이라서. 너무 정곡을 찔러 드렸나 보네요."

유진의 도발이 점차 거세졌다. 강사의 미간이 찌푸려지는 걸 본 비켄이 한 발자국 나서서 유진을 말리려다가 솔의 손짓에 멈추었다.

"쉿, 잠깐."

평소에 무뚝뚝해도 심한 말을 하지는 않던 유진이 이렇게까지 말하는 데엔 이유가 있어 보였다.

강사는 유진의 말이 점점 심기에 거슬리는지, 외알 안경을 거칠게 벗더니 머리칼을 쓸어 넘겼다.

"운명의 아이들이라고 예의를 갖춰 대접하고 있는데 수준을 운운하다니. 고작해야 애들 장난이나 조금 익힌 주제에 마법에 통달한 사람처럼 구는군."

강사가 기가 차다는 듯 비웃으며 말하자 유진이 대답했다.

"장난이니 뭐니 하는데, 당신들이 아는 마법이 얼마나 대단한지 우리가 어떻게 알죠? 말해준 적도, 보여준 적도 없는데."

강사는 참을 수 없다는 듯 이죽거리며 말했다.

"아직도 그 말버릇을 고치지 못했군요. 이리 무지해서야. 가르친다고 해서 받아들일 수 있을지도 의문입니다."

강사는 도발하듯 강한 단어들을 사용했지만, 왜인지 스타원의 대답을 기대한다는 듯 의뭉스러운 눈빛으로 멤버들을 둘러보았다.

"그게 궁금하면, 가르쳐보세요."

유진이 이때라는 듯, 한 걸음 나서며 말했다.

"우리가 그렇게 한심하고 무지해 보이면 시험해보면 되잖아요. 강한 마법을 견디고 잘 배워낼지, 아니면 제 풀에 지쳐 포기해버릴지."

강사는 눈살을 찌푸린 채 유진을 가만히 노려보았다.

"지난번 지붕 사건. 그때 이미 한번 우리의 실력을 가늠해보려고 시험한 것 아닌가요? 그때 잘 방어해냈고. 1차 테스트는 통과한 것 같은데요."

어떻게 알았냐는 듯 강사가 눈썹을 크게 들썩였다. 그러곤 날카로웠던 눈빛에 이채를 띠기 시작했다.

"꽤나 자신 있나 보군요. 육체도 정신도 모두 파괴되는 위험한 수련입니다만."

강사의 말에 누군가 마른침을 꼴깍 삼키는 소리가 들렸다. 그러자 강사가 피식 웃으며 말했다.

"겁에 질렸다면 지금이라도 철회해도 괜찮습니다. 충분히 이해할 테니. 원래 갓 마법을 익힌 애송이들은……."

강사의 말이 길어지고 있었다. 스타원의 강한 의지를 확인해 보려는 듯, 가능하겠냐는 물음을 에둘러서 켜켜이 쌓고 있었다. 이제 되었다는 듯, 솔이 끼어들어 말했다.

"강해지지 않으면 무엇도 지킬 수 없어요."

강사는 말을 멈추고 솔을 바라보았다. 떨리는 목소리로 말하는 그는, 두 주먹을 꽉 쥐고 있었다.

불화살을 쏘느라 손끝이 헤진 살 위로 붕대가 얼기설기 감겨 있었다.

"우리가 얼마나 고통스럽든 상관없으니, 소중한 이들을 지킬 힘이 필요해요. ……사랑하는 이들을 위해 자신을 희생하는 사람은 이미 많이 만나보기도 했고요."

강사는 솔의 손끝을 응시하다 눈을 돌려 스타원의 면면을 바라보았다.

솔의 옆을 지키고 선 유진의 눈매가 날카로웠다. 다른 멤버들도 지지 않겠다는 듯 눈을 부릅뜨고 자신을 노려보고 있었다.

하지만 왜일까, 그 눈동자들에 악의가 담겨 있지는 않았다. 뭔가를 간절히 바라는 듯, 선한 의지만 느껴져 왔다.

"맞아요. 아무리 힘든 수련이라 할지라도 배울 준비가 됐어요."

막내 아비스가 나서며 말하자 비켄과 타호도 맞장구쳤다.

"우린 생각보다 강해요. 어쩌면 그보다 훨씬 힘든 일들도 다 극복하며 헤쳐 왔을 수도 있고요."

"더 물어볼 필요도 없습니다. 당장 배우고 싶어요."

강사는 체념한 듯 혀를 한 번 차고 말했다.

"후……. 감당할진 의문입니다만, 한번 알려는 줘보죠. 나중에 못 하겠다고 우는소리는 하지 마시죠."

스타원이 미동도 하지 않자, 강사는 말을 이었다.

"목숨이 위험해질 수도 있는 고통스러운 과정입니다. 목숨이 위태로운 지경에 이른다면, 저는 강습을 곧바로 그만둘 겁니다. 당신들의 목숨은 확실히 지킬 겁니다. 그때 가서 원망은 받지 않습니다.”

스타원은 강사의 말에 눈 하나 꿈쩍하지 않고 고개를 끄덕였다. 강사는 그 강한 눈빛들을 보고서는 콧방귀를 뀌며 말을 이었다.

“흠. 전에 말한 적 있는데, 기억할지 모르겠습니다. 강해지는 방법.”

그때 타호가 말했다.

“노력은, 당연히 해야 하고……. 뭐더라, 의지?”

타호의 말을 받아 아비스가 말했다.

“간절함. 간절함이 필요하다고 했어요.”

아비스가 말하자 비켄도 뭔가 생각났다는 듯 말했다.

“양도받는 방법도 있는데, 전설로 이어져 오는 방법이라 누구도 정확한 방법은 모른다고 했고요.”

강사는 짐짓 놀랐다는 듯 어깨를 한번 들썩였다. 바로 기색을 바꾸고 낮은 목소리로 엄숙히 말했다.

“내재된 종족의 힘을 깨우는 방법을 아십니까?”

제 40 화

내재된 힘

내재된 종족의 힘을 깨우는 법이란 말을 들은 스타원은 곧장 서로를 바라보았다. 낯선 단어지만, 얼핏 들었던 기억이 있었다.

솔은 자신도 모르게 한쪽 귀를 손가락으로 쓸어 만졌다.

"처음 우리와 만났을 때 말했던, 그 종족 말하는 건가요?"

스타원이 드래곤 피크에 왔을 때, 용의 일족은 스타원의 각 멤버가 지닌 종족을 말해주었다. 그때는 새로운 환경에 적응하랴, 마법을 배우랴 정신이 없어서 깊이 생각하지 못했지만, 지금은 달랐다. 더 확실하게 그 의미에 대해 알고 싶었다.

"내재된 힘이라는 거, 조금 예상은 가요."

타호가 눈가를 매만지며 말했다. 처음 환상 마법을 쓸 수 있도록 개화되었을 때와 지금은 많이 변했다. 단순히 눈동자의 색만 바뀌는 게 아닌, 눈을 감아도 대상을 느끼고 볼 수 있었다. 타호의 말에 강사의 입가에 기다렸다는 듯 희미한 미소가 걸렸다.

"오. 벌써 힘을 쓸 수 있게 되기라도 한 겁니까?"

"하지만…… 그거, 아팠다며."

아비스가 맑은 눈을 깜빡이며 걱정스레 말했다. 솔도 고개를 천천히 끄덕였다. 서재에서 심안을 틔워 책을 본 타호는 불에 타는 듯한 고통을 느꼈다고 했고, 자신도 귀가 뾰족하게 변할 때마다 고통이 늘 따라왔다.

신체가 변하면서 차원이 다른 힘을 낼 수 있게는 되었지만, 동시에 생전 느껴보지 못한 고통도 따라오곤 했다. 그래서 이 힘을 계속해서 깨우고 키워도 되는 것인지 고민되었다.

ㅅ다원의 어두운 낯빛을 본 강사가 한차례 조소를 지은 뒤, 살살 간이라도 보듯 말했다.

"역시 고통이 두려운가 보군요."

또 예의 비웃는 듯한 말투였다. 유진은 살짝 미간을 찌푸리고 입술을 달싹였지만, 강사는 유진이 항의할 틈을 주지 않았다. 그리고 재빨리 환상 마법을 시전하였다.

그가 손을 내밀자, 작고 검은 구체가 강사의 손바닥 위에 둥

둥 떠서 점점 크기를 키워갔다.

"마법으로 강해지는 과정이란, 내 안에 있는 가능성을 가장 효율적으로 키우는 일입니다."

검은 구체가 여러 갈래로 열리더니, 그 안에서 작은 씨앗을 드러냈다. 검은 구체를 기반으로 씨앗은 점점 뿌리를 내리더니 싹을 틔우기 시작했다. 싹은 어느덧 작은 묘목이 되었다.

하지만 잠시 기다려 보아도 그 이상으로는 커지지 않았다.

"여린 싹이 겨우 달려 있는 가냘픈 묘목이 되었죠. 물론 이대로 자라도 키는 큽니다만, 강인한 뿌리와 억센 줄기를 가질 순 없죠."

순간 구체 주위로 바람이 불었다. 묘목은 뿌리 근처까지 흔들리며 위태롭게 은빛을 뿌렸지만, 그뿐이었다.

"이대로라면 자라는 데 한계가 있습니다. 하지만 여기에 다른 나무의 줄기가 더해진다면 어떨 것 같습니까?"

순간 검은 구체가 여러 개 더 생기더니, 각자의 묘목에서 나무줄기가 뻗어 나와 서로의 기둥을 타고 올라갔다. 서로를 의지하며 둘둘 감긴 넝쿨은 곧 하나가 되어 구분할 수 없게 되었다.

합쳐진 묘목은 순식간에 거대하게 자라 무성해졌다.

또다시 구체 주위로 바람이 불었다. 아까보다 거센 바람이었는데도, 하나가 된 나무는 수많은 은빛을 뿌리며 가지만 살짝 흔들릴 뿐이었다.

스타원이 입을 벌린 채 그 광경을 바라보는 걸 확인한 강사는 순식간에 환상 마법을 거두더니 말했다.

"여태까지의 훈련은 바로 이 묘목을 만들기까지의 과정이라고 할 수 있죠."

강사는 검지로 한 번 허공을 짚더니 말했다.

"아, 물론 아무거나 받아들이고 접목하라는 말은 아닙니다. 내 몸에 적합한, 가장 효율적인 방향을 탐색해야 하죠."

"그게 우리가 처음 드래곤 피크에 왔을 때 각자의 종족을 먼저 알아본 이유인가요?"

솔이 묻자, 강사가 느긋하게 고개를 끄덕였다.

"용의 일족은 모두 내재된 종족을 깨우는 훈련을 하나요?"

이번엔 타호가 물었다.

"그렇진 않습니다. 내재된 종족이 없는 이들도 있고, 있다고 하더라도 드러나지 않을 수 있으니까요. 다만, 당신들은 우리에게 찾아오기 전부터 어느 정도 개화되어 있었던 걸 느꼈습니다."

강사의 말에 유진은 잠시 머리 쪽을 매만졌다. 사슴이라도 된 것처럼 갑자기 뿔이 솟아올랐을 때가 떠올랐다. 다들 그 생각을 한 듯, 각자 신체 변화가 발현되었던 곳을 매만지고 있었다.

"이제 본격적으로 종족 빙의 마법을 일깨우게 된다면, 이전보다 더 고통스럽긴 할 겁니다. 하지만 그건 처음뿐. 어느 정도 익숙해지면 고통 없이 빙의할 수 있게 되죠."

순간 스타원의 안색이 눈에 띄게 밝아지자, 강사는 작게 웃으면서 말을 이었다.

"아까 보여드렸던 나무를 떠올리십시오. 처음 접합하면 컨디션이 안 좋아질 수 있습니다. 하지만 적응을 하면 나무는 튼튼해질 뿐입니다."

이렇게 되면, 그 마법을 받아들이지 않을 이유가 없었다.

"다만, 빙의 마법은 상당한 위험이 따르므로 한계선만큼만 사용해야 합니다. 허용된 힘보다 강한 힘을 빌려 오려 욕심을 부린다면, 모두 다 잃을 수도 있습니다. 육신도, 정신도."

"빙의 마법을 극한으로 사용할 수도 있는 건가요?"

비켄이 침을 한번 크게 꿀꺽 삼킨 뒤 물었다.

"흔치 않은, 아니, 실재했는지 모를 전설이지만, 어둠의 계약자가 제안을 해온다고 합니다. 모든 걸 걸고 힘을 가질 테냐고. 거부할 수 없이 달콤한 제안을요. 뭐, 우리에게도 구전으로만 내려오는 이야기지만요. 이런, 쓸데없는 얘기를 했군요. 가뜩이나 겁이 나실 텐데 말입니다."

답지 않은 배려와 경고였다.

하지만 왜일까. 자신도 모르게 이런 말을 해버렸다.

말을 들은 스타원의 눈빛이 흔들렸다. 마법을 쓸 수 없었을 때, 마법 아이돌이 되게 해달라고, 그럼 무엇이든지 하겠다고 하늘에 대고 기도하곤 했었다.

"그럼 제안을 받아들이는 게 아니라 제안에 굴복하는 거겠네요. 참을 수 없는 간절함으로."

유진이 두 주먹을 꽉 쥐었다. 머릿속에 희미한 웃음소리와 목소리가 뒤섞였다. 피할 수 없었던 거대한 눈동자가 머릿속을 잠식했다.

그때의 고양이가 어둠의 계약자를 뜻하는 걸까. 유진이 이를 악물었다. 정체 모를 마수에게 발목이 붙잡힌 것은 아닌지 두려움이 엄습해왔다.

하지만 동시에 머릿속에 멸룡도가의 습격과, 용의 일족의 테스트에 무방비하게 노출되었던 자신들의 모습이 떠올랐다. 사랑하는 이들의 몸을 지키기 위해서라면 약해지면 안 된다.

더욱더 강해져야 한다.

유진은 속으로 그 말을 여러 번 되뇐 뒤, 주먹을 풀고 눈빛을 가다듬은 채로 말했다.

"우선, 강해지고 싶습니다."

솔은 유진을 돌아보았다. 강렬한 눈빛을 띠고 있었다. 다른 멤버들도 동의한다는 듯 고개를 끄덕였다. 그때 느꼈다. 모두들 기꺼이 훈련에 참여하기로 마음먹었다는 사실을.

"시작해보죠. 해봐야 알 테니까 말입니다."

"나도 익히고 싶어. 콘서트 때 선보이게 되면 팬분들도 좋아할 것 같아!"

"저도요. 강해지고 싶어요."

"뭐부터 시작할까요?"

유진과 타호, 아비스, 비켄이 차례로 말했다. 이렇게 되면 솔이 리더로서 해야 할 말은 정해져 있었다.

솔은 강사에게 정중하게 허리를 굽히고 말했다.

"잘 부탁드립니다. 빙의 마법을 가르쳐주세요."

강사는 고개를 숙인 채 몰래 웃음 짓더니, 기다렸다는 듯 말했다.

"현명한 선택입니다. 이 힘을 얻는다면 멸룡도가에 맞서기도 수월해질 겁니다."

강사는 말한 뒤, 주머니에서 검은색 보석이 달린 목걸이를 꺼냈다. 타호는 눈을 가늘게 떴다. 척 봐도 심상치 않은 힘이 흘렀다. 검은 아지랑이들이 보석 주위를 둘러싸고 있었다.

"그게 뭔가요? 검은 아지랑이가 주위를 맴도는데, 마법 아이템인가요?"

타호가 묻자, 강사는 호오 하며 침음을 내뱉었다.

'이 힘을 시각화해서 느끼다니. 역시…… 내재된 힘을 깨우면, 용의 일족도 이기기 어려울 만큼 강해질 수도 있어.'

강사는 속으로 생각했다. 물론 그 사실을 소년들에게 말하지는 않고 목걸이 쪽으로 주위를 환기했다.

"이 세상에 난 하나밖에 남지 않은 귀한 물건입니다. 빙의 마법을 익히는 훈련에 도움을 줄 수 있죠."

"어떻게 사용하죠? 제가 먼저 해볼게요."

유진이 제일 먼저 나섰다. 솔이 걱정스러운 눈빛으로 바라봤지만, 유진은 저벅저벅 앞으로 나갔다.

"자, 그럼. 이 보석을 바라보십시오."

강사는 유진의 눈앞에서 보석을 좌우로 세 번 흔들었다. 마치 영화에서 봤던 최면술 같지만 좀 달랐다. 다른 이들은 모르지만, 타호는 보았다. 검은 보석 주위로 뭉쳐 있던 검은 아지랑이가 유진의 눈가로 서서히 옮겨 가 닿았다.

"윽……"

유진은 이마를 짚고 비틀거렸다가 곧 균형을 잡았다. 강사는 물러서면서 느긋하게 말했다.

"어디 한번 시험해보십시오. 어떤 것이 다른지 말입니다."

강사가 말하더니 손가락을 튕겼다. 그러자 콜로세움에 세워져 있던 허수아비 수십 구가 앞으로 튀어나오기 시작했다. 볏짚으로 얼기설기 만든 허수아비가 아니라 마치 석상처럼 돌로 된 허수아비들은 척 봐도 몇 배는 단단해 보였다.

유진은 바로 지척에 와 있는 허수아비에 주먹을 날렸다.

쿵-!

먼지가 자욱하게 내려앉았다. 흙먼지가 가시자, 허수아비의 잔해가 보이기 시작했다. 아예 조각이 나서 무너져 있었다.

멤버들이 모두 입을 떡 벌린 사이, 강사만 홀로 느긋하게 말했다.

"아마, 이 힘을 더 끌어내면 충격파만으로도 잘게 부수는 게 가능하겠군요."

"히, 힘이 얼마나 강하면 그렇게 돼요?"

비켄이 말을 더듬으며 물었다.

"세상에 존재하던 정도만 생각하지 마십시오. 웬디고 족의 힘은 우리가 알던 상식을 벗어납니다."

강사는 손가락을 튕겨서 다른 허수아비를 세웠다. 하지만 그 허수아비는 아까처럼 돌로 된 것이 아니었다.

"철?"

"마력의 힘이 섞인 철입니다."

유진은 이제 기다리지 않았다. 냅다 뛰어들어서 바로 허수아비에게 발차기를 했다.

쿵!

이게 가능한 일일까. 강철로 된 허수아비조차 찢겨서 조각이 나 있었다.

강사는 계속 손가락을 튕겼다. 허수아비들이 계속 생겨났다. 유진은 격하게 몸을 움직였다. 유진이 날아오를 때마다 허수아비들이 하나씩 무너졌다.

충실하게 장애물을 차서 넘어트리던 유진은 숨을 몰아쉬다가 마지막 남은 장애물을 발견했다.

그러곤 날아오르듯이 강하게 뛰어올랐다. 엄청난 도약력은 유진을 몇 미터 앞에 있던 마지막 허수아비에게로 데려다주었다.

쾅-!

그때 들린 소리는 이제까지와 달랐다. 솔은 자신도 모르게 눈앞을 가렸다. 지축이 흔들리고, 공기가 진동했다. 다른 멤버들도 자리에 선 채 비틀거렸다.

강사는 씩 웃었다.

"좋군요."

제 41 화

달라진 힘

허수아비는 철 조각을 남기고 잘게 부서졌다. 유진은 땀을 닦으며, 숨을 골랐다.

비켄이 당황하며 말했다.

"무, 무슨 일이 벌어진 거야?"

"일종의 충격파입니다. 더 강해진다면 한 번의 주먹질, 한 번의 발 구름만으로도 반경 안에 있는 적들을 쓰러뜨릴 수 있죠."

"대단하네……."

빙의 마법의 힘은 상상 이상이었다. 솔이 놀라워하는 사이, 강사는 검은 보석을 세 번 흔들었다. 그러자 검은 아지랑이들이 다시 목걸이에 모여들었다. 유진은 힘이 탁 풀린 듯, 그 자리에 주저앉았다. 신음을 내며 숨을 몰아쉬고 있었다.

강사가 손을 휘둘렀다. 경기장 바닥에 있던 유진은 떠올라서 한쪽 구석으로 옮겨졌다. 유진은 아파서 자신이 옮겨지는지 감도 오지 않는 모양이었다.

솔이 강사에게 말했다.

"괜찮은 거, 맞죠?"

"견딜 만할 겁니다. 왜요, 두렵습니까?"

강사가 목걸이를 흔들면서 시험하듯 말했다.

솔은 천천히 고개를 저었다.

"아니요, 할 거예요."

"그렇군요. 그럼 다음은 누구입니까?"

이번에는 비켄이 앞으로 나왔다. 어느새 허수아비가 또 생겨나 있었다.

"제가 할게요."

"오호, 대지의 아이도 꽤나 용기가 있군요. 좋습니다. 그럼, 보석을 응시하십시오."

비켄은 마법 지팡이를 부를까 하다가 참았다. 용의 일족도 어느 정도는 존재를 눈치챘을 터였지만, 힘들게 받은 아이템을 이들의 눈앞에서 쓰고 싶진 않았다.

비켄이 잠시 보석을 바라보자, 손 주변으로 새롭고 강력한 힘이 모이기 시작했다.

이걸로 뭘 할 수 있을까.

비켄은 허수아비 하나를 바라보다가 손바닥에 힘을 모아 그 기운을 바닥에 내리꽂았다.

그때 신비한 일이 벌어졌다.

저 멀리 있는 허수아비를 향해 땅 속에 잠들어 있던 나무뿌리들이 튀어나오며 대지를 갈랐다. 뿌리들은 재빨리 솟아서, 허수아비를 칭칭 옭아맸다.

돌로 된 허수아비들은 덩굴에 감겨서 조각났다. 그걸 본 강사는 허수아비를 수십 개 더 만들어냈다. 이번에는 강철로 된 허수아비였다.

강한 뿌리는 허수아비를 타고 자라 올라서 차례로 옭아맸다.

하지만 강철 허수아비가 강한지, 이번에는 부서지지 않았다. 강사는 비켄을 보며 말했다.

"당신의 힘은 그 정도가 아닐 텐데요."

비켄은 미간을 찌푸렸다. 하지만 강사의 말이 맞았다. 분명 지금 이것보다 더 강한 힘을 낼 수 있을 터였다.

비켄은 두 주먹을 꽉 쥐고 다시 한번 힘을 응축했다. 나무뿌리를 조종하듯 기운을 응집시켰다. 그러자 강철로 된 허수아비들은 차례로 덩굴에 감겨 우득우득 꺾였다. 엄청난 힘이었다.

솔은 생각했다.

'저게 만약 사람이라면······.'

아마 붙들려서 옴짝달싹 못하지 않을까. 뼈가 모두 부러질 정도의 힘이었다.

강사는 계속해서 수십, 수백 구의 허수아비를 만들어냈다. 비켄은 가장 가까이 있는 허수아비부터 멀리 있는 것까지 모두 한 번에 넝쿨로 칭칭 감았다.

마침내 마지막 허수아비까지 처리했을 때, 어느새 진땀이 송골송골 맺힌 강사가 말했다.

"됐습니다. 이쯤이면 된 것 같군요."

비켄도 순간 숨을 거칠게 몰아쉬며 자리에 주저앉았다. 휴식 중인 유진의 곁에 가서 털썩 걸터앉아 쉬었다.

"이번엔 제가 할게요."

아비스가 한 걸음 앞으로 나서며 말했다.

"오르니스 족, 당신이군요. 사실 소환사에 대한 자료는 별로 없어서 기대가 되는군요."

이제는 거의 명맥이 사라진 소환사였다. 강사 또한 강하며 학구열이 강한 마법사이기 때문에, 아비스가 소환수를 어떻게 부릴지 기대하는 모습이었다.

아비스 또한 그러한 강사의 기대감을 눈치챘지만, 걱정이 앞섰다. 힘들어 하는 유진과 비켄을 바라보며 자신에게는 어떤 고통이 따를지 걱정되었다.

하지만 이제 와서 자신만 내뺄 수는 없었다. 어쨌거나 강해져야 했다.

아비스는 천천히 심호흡한 뒤 결연하게 말했다.

"……시작하겠습니다."

검은 보석이 두어 차례 흔들리자, 아비스는 갑자기 숨이 살짝 막혀 왔다. 그 뒤로는 안에 있던 뭔가가 깨지는 듯한 느낌이 들었다.

타와키가 살짝씩 파닥거리는 소리가 더욱 크고 섬세하게 들려왔다. 보드라운 깃털을 당장이라고 쓰다듬어주고 교감하고 싶었다.

그리고, 한편으로는 새로운 친구와도 만나고 싶었다.

'새로운 친구를 부르려면 어떻게 해야 하지? 우선…… 그래, 나에게 찾아올 통로. 통로를 만들어야 해.'

평소에 타와키나 다른 새들을 소환할 때는 무의식적으로 했던 과정이었다. 환수들은 어디선가 나타나 아비스 주위를 맴돌곤 했다. 언제, 어디서 나타났는지 크게 신경 쓰지 않았었다. 하지만 이번에는 의식적으로 차례차례 단계를 거쳐보았다.

통로는 한 번에 만들어지지 않았다. 아비스는 집중력을 잃지 않고, 공중을 향해 천천히 손을 휘돌리며 둥근 원을 그려내었다.

마력을 손에 응집시킨 뒤, 허공에 원을 그리는 방식으로 쏘아내었다.

그러자 에메랄드빛 둥근 테두리가 생기더니 곧 환한 빛을 쏘아내는 게이트가 생성되었다.

통로가 이끄는 힘이 있었는지, 커다란 환수 하나가 빛 너머에서 환하게 나타나 날아올랐다.

"이런, 이건……."

새와 인간이 섞인, 수인의 모습을 한 환수였다. 아비스는 이마에 흐르는 땀을 훔쳐낸 뒤, 웃으면서 손을 흔들었다.

여성의 얼굴과 독수리의 몸을 가진 커다란 새가 날개 끝으로 아비스의 손을 쓸어주었다.

공중에 날아오르는 것만으로도 눈이 부셔서 잘 쳐다볼 수도 없을 정도로 위엄을 내뿜었다.

조그맣고 귀여운 패밀리어들과는 다른 강력함과 우아함이 느껴졌다.

강사는 놀란 듯 외알 안경을 고쳐 쓰며 말했다.

"저건 하피입니다. 고대 문서에서나 존재하던 신화 속 생물이죠. 실제로 있을 줄이야……."

강사는 경외감을 느낀 듯 목소리를 떨며 말을 이었다.

"강력한 발톱으로 적을 할퀴어 공격하죠. 아마 적은 뼈도 못 추릴 것입니다. 하지만 그것뿐만이 아닙니다."

하피는 아비스가 시키지 않아도 아무렇지 않게 허수아비들을 할퀴고, 들고 날아올라 떨어뜨리곤 했다. 부리로 몇 번 쪼자, 허수아비는 형체를 알아볼 수 없게 조각났다.

"역시 강력하군요. 하지만 이건 힘의 일부일 뿐입니다. 하피는 끔찍한 괴성으로 상대를 무력하게 만들죠."

아비스는 고개를 끄덕이고 말했다.

"하지만 지금은 우릴 위해서 울음소리를 내지 않는 거군요."

"그런 것 같군요. 하피의 괴성은 정신을 혼란시키고, 이지를 잃게 만들어 버립니다. 흠, 대단한 소환수를 소환했군요."

아비스는 고개를 끄덕였다. 예전이면 하피가 오는 통로도 만들지 못했을 것이다. 하지만 내재한 힘을 깨워서일까. 아직은 힘이 남아 있었다.

'하피만큼은 아니더라도…….'

아비스는 손에 힘을 모아 다시 한번 통로를 만들었다.

강사는 이번에도 신음을 흘렸다.

"이, 이건!"

거대한 나방 날개를 가진 환수가 날아 들어왔다. 아비스가 반갑게 인사하자, 눈알이 도록 움직였다.

"……모스맨이에요. 이 친구가 알려주네요. 날개에서는 강력한 마비 가루가 나온다고 자랑하네요."

모스맨은 고주파 같은 소리를 냈다. 어떻게 보면 불쾌할 법한 소음인데도 아비스는 웃기만 했다.

"겉모습은 무섭지만, 친절한 신사 같은 환수예요."

"그, 그렇습니까. 이건 자료가 없어서……."

강사도 놀랐지만, 스타원도 아비스를 보며 놀란 마음을 숨기고 있었다.

'소환하고 교감하는 건 알았지만, 저 정도일 줄이야……. 게다가 이제 제법 대화도 가능한 듯해.'

솔은 아비스가 당황할까 봐 놀란 기색을 누르고 감탄했다.

아비스가 두 소환수를 향해 손을 흔들자, 아비스에게 날아왔다.

쿵-!

육중한 몸 덕에 내려앉을 때도 파장이 일었다. 강사는 자기도 모르게 한 발자국 물러났다.

"그, 그럼. 확인했으니 이제 힘을 회수하겠습니다."

"네. 아, 저는 하피가 대신 옮겨주겠대요."

하피가 싱긋 웃더니 아비스를 등에 태우고 유진과 비켄의 곁에 데려다주었다. 하피는 날개로 아비스를 살짝 문질러주곤 발톱으로 조심스럽게 끌어당겨 안전하게 구석에 놓아줬다.

아비스의 부탁을 들어준 하피는 저 높은 하늘로 날아올랐다. 모스맨은 아비스를 걱정스럽게 보면서 고주파를 내다가 점차 흐릿해지며 사라졌다.

"모스맨이라니. 처음 듣는 이름이군. 고문서에도 없던 존재가……."

강사는 새로운 존재의 출현에 흥분한 듯 혼잣말을 중얼거렸다.

"이제 제 차례예요."

"놀라운 재능이야. 애초에 가능한 건지……."

"저기요, 강사님?"

"아, 네, 네. 큼큼."

타호의 부름에도 혼자 중얼거리다가, 재차 부르자 그제야 고개를 들고 타호를 바라보았다.

타호는 검은 보석을 정면으로 바라보았다. 다른 멤버에게는 보이지 않았을 테지만, 타호의 눈에는 검은 기운이 눈앞으로 다가오는 게 보였다.

연기가 눈에 닿은 뒤, 타호는 멍하니 허공을 바라보았다. 뭔가 이상한 것들이 보였다.

심안을 틔웠을 때와 완전히 같지는 않지만, 세상이 흑백으로 변하고 무언가 실타래 같은 것들이 엉켜 보였다.

타호는 구석에서 쉬고 있는 멤버들을 둘러보았다. 아비스는 등에, 비켄은 어깨에 하얀 실이 엉켜 있었다. 그런데 조금 이상한 점이 있었다.

유진의 목을 올가미 같은 검은 줄이 감고 있었다. 다른 멤버도 그런가 싶어서 돌아보니, 그건 또 아니었다.

'뭐지?'

타호가 고개를 갸웃거릴 때였다. 강사가 허공에 손짓했다. 허수아비를 불러내려는 행동이었다.

강사의 손에서 회색빛 줄기가 솟아올랐다. 타호는 그걸 보자마자 본능적으로 염력을 사용해 회색빛 줄기를 끊어냈다.

강사의 마법은 힘을 잃었다. 허수아비는 나타나지 않았다.

강사는 다시 한번 허수아비를 소환하려 손을 들었다. 하지만 이번에도 타호는 눈에 힘을 주어 그 회색 줄기를 끊어냈다.

"이런……."

강사는 허수아비를 소환하지 못하는 이유가 바로 타호인 걸 알았다.

"어떻게 마력을 방해한 거죠?"

강사가 놀랍다는 듯 묻자 타호가 대답했다.

"마력의 흐름을 끊었어요. 눈으로요."

아마 도서관에서 얻었던 망원경을 꺼내면 더 강한 힘을 낼지도 몰랐다. 하지만 비켄과 마찬가지로, 타호도 강사 앞에서 망원경을 꺼내기 싫었다.

"호오. 역시 녹투아족의 눈은 강력하군요. 좋습니다. 하지만 이런 마법은 지속 시간이 문제인데……."

강사의 말이 맞았다. 타호는 한 번 마력의 흐름을 찢을 때마다 눈이 타는 듯 아파왔다. 타호 역시 곧이어 눈을 부여잡고 주저앉았다. 강사는 보석의 힘을 회수했다.

"역시 짧군요. 뭐, 하지만 그 자체로 엄청나게 강한 능력이긴

합니다."

　강사는 말하곤 남은 이를 둘러보았다. 눈앞엔 솔밖에 남지 않았다.

제 42 화
힘의 고통

솔은 고개를 끄덕였고, 강사도 마지막으로 검은 보석을 흔들었다. 순간, 솔은 자신도 모르게 귓가를 매만졌다. 뭔가 느낌이 달라졌다.

모든 움직이는 소리들이 귓가에 생생히 전해져 왔다. 단순히 청력이 좋아졌다는 수준이 아니었다.

저 멀리 용의 일족 깃발이 바람에 흔들리며 파닥거리는 소리마저 생생하게 들렸다. 조금 더 귀를 기울이자, 더 멀리 있는 소리까지 성큼 다가왔다.

모든 게 들렸다. 어디 있는지 모를 새가 지저귀는 소리, 작은 냇가에 물이 흐르는 소리까지.

강사는 또다시 허수아비를 소환했다. 솔은 평소처럼 불화살을 만들어내 쏘아보았다.

획-!

허수아비는 솔의 화살을 맞고 쓰러졌다. 명중이었지만, 아쉬운 느낌이 들었다. 이 정도면 평소 훈련으로도 가능했다.

어떻게 하면 종족의 힘을 실을 수 있을까. 어떻게 하면 화살이 더 강하고 정확해질까.

솔은 본능적으로 눈을 감았다.

여태까지는 시각에 의존했었다. 하지만 이제 알았다. 자신이 사용해야 할 것은 시각이 아니었다. 오히려 청각이었다.

귓가에 머무는 마력에 의지한 채 솔은 화살을 쐈다.

획-

솔의 화살이 날아가는 소리가 들렸다. 솔은 눈을 뜨지 않았다.

쿵!

허수아비들이 떨어지는 소리가 들렸다.

솔은 싱긋 미소 지었다. 소리만 들어도 허수아비들이 쓰러졌다는 걸 알 수 있었다.

강사는 다시 한번 허수아비를 소환했는데, 여태 일직선으로 다가오던 허수아비와는 달리 이리저리 자리를 움직였다.

솔은 그걸 잠깐 보고, 다시 눈을 감았다. 감각을 귀에 집중했다. 여러 구의 허수아비가 움직이는 소리가 들렸다.

샤샥, 샥!

항상 눈으로 움직임을 좇곤 했지만, 이번엔 들리는 대로 화살을 장전했다.

휙–

화살은 다시 바람을 가르고 목표물을 맞혔다. 허수아비 세 개가 동시에 바닥에 쓰러졌다. 웃음이 저절로 나왔다. 지금 이대로라면 뭐든 맞힐 수 있을 거 같았다.

그렇게 솔이 정신없이 힘을 갈구할 때였다.

삐이–!

이명이 귓가를 파고들었다.

"으윽!"

솔이 귀를 부여잡고 주저앉았다. 다리에 힘이 저절로 풀렸다. 머리가 어지럽고, 호흡이 가빠왔다.

흐린 시야 너머로 강사가 힘을 거두는 게 보였다.

"초기에 따라오는 고통은 당연한 겁니다. 시간이 해결해줄 겁니다."

할 일을 마쳤다는 듯 몸을 돌려 걷기 시작한 강사의 눈이 구석에 모여 있는 스타원을 훑었다.

'그렇다 해도, 너무 고통스러워하는데……'

한 번 고개를 갸웃한 강사는 이내 완전히 몸을 돌려 걸어가기 시작했다.

솔의 손끝에 닿는 귀가 이상했다. 저번처럼 신체가 변형된 게 느껴졌다. 뾰족한 느낌이 생경했다. 겨우 걸어 멤버들이 쉬고 있는 곳까지 가서 함께 앉았다.

모두들 이런 고통을 견디고 있었다니 새삼 다들 대단해 보였다.

스타원은 각자의 고통 속에서 신음만 내뱉었다. 제일 먼저 힘을 사용한 유진조차 아직도 고통에 겨워하는 중이었다.

솔은 미간을 찌푸린 유진을 보고 걱정스레 물었다.

"유진 형, 좀 괜찮아?"

유진은 나오지 않는 목소리로 새되게 말했다.

"아니, 아직…… 머리가 아프네."

머리와 목이 모두 아팠다. 숨을 쉬는 것조차 힘들었다. 다른 멤버들도 유진 정도는 아닌 것 같았는데, 유진만 유독 심한 듯했다. 식은땀이 계속 배어 나왔다.

'나아진다고는 하지만, 이런 고통을 계속 겪는다고······?'

조금, 아니, 많이 이상했다. 분명 우리는 서로를 지키기 위해서 힘을 원했다. 하지만 이런 모습은 싸움하기도 전에 패배한 사람들 같았다.

유진은 목을 부여잡으며 겨우 숨을 내뱉었다. 심한 고통 속에서 이런 의문이 들었다.

'이 힘은 정말 우리를 이롭게 하는 게 맞을까?'

너무나 고통스러웠다. 목은 타들어 가고, 머리가 너무 아팠다. 열이 나는 거 같아서 이마를 짚자, 그때처럼 뿔이 만져졌다.

유진은 뿔을 더듬었다. 변화는 항상 낯설었다. 다른 멤버들은 이상하면서도 신비로운 변화로 받아들인 것과 반대로, 유진은 자란 뿔이 싫었다.

'이 뿔이 자라면 내가 이상해지는 거 같아.'

멤버들에게 말은 안 했지만, 신체가 변화되면 생각이 짧아졌다. 그리고 불쑥 뭔가를 부수고 싶다는 충동이 들었다.

'이대로는 안 돼.'

유진은 빙의 마법을 멈추자고 멤버들에게 말하려 했다. 하지만, 입 밖으로 소리가 나오지 않았다. 순간 하얗게 변한 머릿속에는 아무 말도 떠오르지 않았다.

그때, 누군가의 속삭임이 들렸다.

《이미 계약했잖아. 멈출 순 없어.》

목소리는 키득거리며 말을 이었다.

《그러면 안 되지. 너는 힘을 원했고, 난 그걸 줬잖아?》

유진은 그만둬달라고 말하고 싶었다. 하지만 그 바람마저 새하얀 머릿속으로 사라졌다.

《돌이킬 수 없어.》

불길한 목소리는 재미있는 걸 보는 듯이 계속 킬킬거리며 웃었다. 유진은 뭐라 대답하고 싶은데, 생각이 계속 지워졌다.

"형, ……진 형?"

유진은 할 수 있는 게 없었다. 그저 눈을 감고 목소리에 집중하며 신경질적으로 대화를 하고 싶을 뿐이었다.

새하얗게 지워지는 의식 속에서 키득거리는 웃음소리에 무어라 대꾸하고 싶었지만, 입은 열리지 않았다.

"형…… 형!"

짜악-!

그때, 손에 뭔가가 걸렸고 유진은 겨우 정신이 들었다. 살결이 거칠게 부딪치는 소리가 났다.

그 순간, 웃음소리가 모두 사라지고 의식이 현실로 돌아왔다.

'뭔가를 쳤는데?'

유진이 휘둥그레진 눈으로 앞을 돌아보았다.

솔이 놀란 채로 손등을 부여잡고 있었다. 어느새 벌겋게 부어 있었다. 유진은 자신의 손을 내려다보았다. 그제야 무슨 일을 했는지 알았다.

유진은 반사적으로 사과부터 했다.

"미안. 아프지?"

"아, 아니. 괜찮아. 힘들면 그럴 수 있지."

"아냐, 미안해. 나도 모르게 그랬어."

유진은 한숨을 내쉬었다. 자신이 솔의 손을 쳐낸 건 확실한데 기억이 나지 않았다.

'잠깐. 내가, 무슨 말을 하려고 했던 것 같은데……'

그전의 상황이 잘 기억나지 않았다.

멤버들은 유진의 행동에 정신이 들었는지, 다들 자리에서 겨우 일어나기 시작했다. 해가 떴을 때부터 시작한 훈련인데, 이제 노을이 지고 있었다.

"이제 숙소로 돌아가서 좀 쉬자."

솔의 말에 모두들 터덜터덜 걸어 콜로세움을 나섰다.

유진은 말없이 하늘을 바라보았다. 붉게 노을이 진 하늘은 예뻤지만, 왜일까, 가슴 한구석이 한없이 불안했다.

새하얀 석조 건물 안, 새파랗게 펼쳐진 푸른색 러그. 눈마저 시릴 듯한 차가운 곳에 한 남자가 서 있었다.

로드의 집무실은 여전했다. 푸른색 러그를 밟으면서 강사는 외알 안경을 고쳐 썼다. 안으로 들어선 강사는 로드에게 예의를 취했다. 고문서를 살펴보고 있던 로드는 용건을 말하라는 듯 고개를 까닥였다.

"······보고드립니다."

강사는 더 말을 잇지 않고 침음을 삼켰다. 오늘 했던 훈련을 떠올렸다. 귀중한 '운명의 소년들'에게 내재된 힘을 깨우는 방법을 알려주었다.

로드는 그런 강사의 모습이 이상하다는 듯 눈을 치켜뜨고 물었다.

"뭔가 문제라도 있는 건가?"

"좀, 이상합니다."

"왜, 힘이 발현되지 않나? 이상하군. 운명의 소년들이라면 그럴 리가 없을 텐데? 이미 꽤나 각성된 상태였고 말이야."

"아닙니다. 특히 소환은 굉장했습니다. 고문서에서만 봤던 하피를 소환했습니다."

"하피라. 대단하긴 하군. 역시 선택된 자들은 다르다는 건가."

"그 흉포한 환수가 오르니스 족에게는 강아지처럼 따르더군요."

"그렇단 말이지. 뭐⋯⋯."

로드는 고문서를 쓸면서 말했다.

"용신을 모시기에는 부족함이 없으니 다행이지."

강사는 고개를 끄덕이고 말했다.

"맞습니다. 다만, 원래 빙의 마법에 고통이 따른다곤 해도, 과하게 괴로워합니다. 다른 이들과 확연히 비교될 정도로요."

강사는 한참을 일어나지 못했던 스타원을 떠올렸다. 그중에서도 유독 예민해 보였던 유진을 떠올렸다.

"웬디고 족은 특히 더욱 빠르게 광폭화가 되더군요. 그러다 이지를 잃게 되면 계획에 차질이 생길지도 모릅니다."

로드는 한쪽 눈을 찌푸렸다.

힐끗 눈치를 본 강사가 빠르게 말을 이었다.

"고통을 겪는 거야 우리와 상관없고, 그들도 충분히 감내하겠지요. 하지만 정신적으로 이성을 잃게 되고, 심지어 부적응으로 목숨까지 위태롭게 되면…… 용신의 뜻을 이룰 수 없게 될지도 모릅니다."

로드는 숨을 길게 내쉬고 생각에 잠겼다. 강사가 우려할 만했다.

하지만 로드는 고개를 저었다.

"적당한 힘은 줘야지. 용신을 위해서도 그게 좋아. 리스크가 있다고 해도 빙의 마법이 가장 좋은 수단이야."

로드에 말에 강사는 생각에 잠겼다. 확실히 로드의 말이 맞을지도 몰랐다.

"저는 걱정됩니다. 아시지 않습니까. 일족 내에서도 의견이 갈린다는 걸 말입니다."

용의 일족 내에서도 운명의 소년들에게 빙의 마법을 일깨우는 것에 대해서는 의견이 갈렸다. 내재된 힘이 너무도 강력해서 용의 일족이 그들을 제어할 수 없는, 마치 시한폭탄 같은 존재를 키우는 게 아니냐는 의견이 있었다.

로드는 천천히 고개를 끄덕이고 말했다.

"어쩔 수 없지 않겠느냐. 운명의 소년들에게 힘이 없다면 용신의 뜻을 이루기 어렵고, 멸룡도가에 빼앗길 가능성도 커진다. 그렇게 되면 우리에게 미래는 없어. 우리 쪽에 희생이 따르더라도 용신의 뜻에 따라 그들을 준비시켜야 한다."

"저도 압니다. 그것이 용신의 뜻을 따르는 것이란 것도 말입니다. 하지만 점점 변수가 늡니다."

변수라.

강사의 말에 로드는 작게 숨을 내쉬었다. 확실히 계획에 크고 작은 차질이 생겨나고 있었다. 운명의 소년들은 언제부터인가 용의 일족의 의도에 의문을 품기 시작했다. 의외이긴 했다.

"생각지도 않았던 한낱 도구 때문에 우리를 의심할 줄이야."

"원동력이 되라고 일부러 내버려뒀지만, 너무 가까워졌습니다. 계속 다가가면 무슨 말을 나불거릴지 모릅니다."

길잡이가 되어 주라고 붙여 놓았던 작은 소녀. 그건 떼어 놓으면 그뿐이었다.

"바로 없애면 의심은 심해질 것이다. 천천히 멀어지게 해라."

강사는 걱정된다는 듯 살짝 미간을 찌푸렸지만, 곧바로 고개를 끄덕였다. 로드는 마음에 안 든다는 표정으로 강사를 바라보다가 혀를 차며 말했다.

"쓸데없는 우려는 안 해도 된다. 다 별것 아닌 일이야. 그밖에 다른 용무가 있나?"

강사는 오늘 훈련했던 스타원을 떠올렸다. 죽을 듯이 아파도 그들은 멈추지 않았다.

"그래도 용기는 있더군요. 게다가 성실합니다. 우리 일족이 그런 태도는 좀 배웠으면 좋겠다 싶을 정도로요."

"쓸데없는 말을 하는군."

로드는 건조하게 한마디 했다.

"뭐, 그 또한 용신의 안배겠지. 운명의 소년들은 원래 인간들의 호감을 얻기 쉽다고 전해져 내려오니까."

강사는 고개를 끄덕였다.

"용신의 뜻에만 집중해라. 불필요한 감정은 섞지 마."

로드의 일갈에 강사는 작게 한숨을 내쉰 뒤, 짧게 묵례하고 돌아섰다.

제 43 화
리허설과 그림자

내재된 종족을 일깨우며 빙의 마법을 사용하는 과정은 확실히 고통스러웠다. 하지만 힘이 비약적으로 강해지는 걸 느끼니 거부하기 힘들었다. 매우 힘든 와중에도 기꺼이 감수할 수 있었다.

그 뒤로도 스타원은 직접 훈련을 몇 번씩 반복했다. 처음엔 강사의 목걸이를 보지 않으면 힘을 끌어낼 수 없었지만 몇 번 감각을 익히니 점점 요령이 붙었다.

그리고 바로 어제, 몇 번의 실패 끝에 보석 없이 힘을 끌어내는 데 성공했다. 반복되는 훈련으로 시간이 어떻게 가는지 모르는 사이, 오늘은 간만에 드래곤 피크에서 나와 콘서트 리허설 중이었다.

곧 대규모 콘서트가 열릴 런던 근교의 거대한 돔형 무대였다.

"그래도 힘을 키우니까 든든하다."

아비스가 콘서트장 곳곳에 붙은, 위치를 확인시켜 주는 야광 스티커를 보며 말했다. 솔도 무대 정중앙에 서서 자신의 위치를 확인했다. 고개를 드니 넓은 공연장의 좌석이 한눈에 들어왔다.

이곳에서 우리가 콘서트를 하다니. '마법 없는 아이돌'일 때는 꿈도 꿔보지 못한 장소였다.

솔은 볼을 살짝 꼬집어봤다. 말랑한 볼이 쭉 늘어났다가 다시 돌아왔다.

타호가 피식 웃었다.

"솔 형, 현실 맞아."

"미안, 좀 믿기지 않아서."

"하긴, 나도 꿈만 같아. 우리가 런던에서 콘서트라니. 그것도 이렇게 큰 곳에서 말이야!"

타호는 그렇게 말하면서 고개를 들었다. 천장마저 매우 높았다.

"정말 기대돼. 이번 콘셉트랑 세트 리스트도 전에 해 보지 않았던 조합들이라서 신선하더라."

"맞아. 요새 마법이 강해진 만큼 더 멋있게 할 수 있을 거야."

솔이 말하자, 타호가 보란 듯이 손안에서 작은 별들을 뿜어 냈다. 솔은 환히 빛나는 작은 별빛들을 손가락 끝으로 톡톡 쳤다. 타호는 빛들이 솔의 손길에 따라 부드럽게 흔들리도록 해주었다.

"전이랑 느낌이 정말 다르다. 훨씬 정교하고, 진짜 같아."

"그렇지? 전에 도서관에 다녀온 뒤로 더 실력이 늘어난 것 같아. 사물을 보는 관찰력도 늘었지만, 내가 본 것만큼 더 세밀하게 만들 수 있어."

타호는 그렇게 말하고 조금 웃었다. 원래는 막연히 상상하던 빛을 뿜어내는 듯했다면, 이제는 대상을 면밀하게 관찰하고 실재하는 것처럼 흉내 낼 수 있게 되었다.

강해지는 데 급급해서 가끔 잊곤 하지만, 진심으로 다가가는 만큼 더 많은 것들을 보여 주었다. 마법의 세계는 그만큼 넓고 신비로웠다.

"이걸 팬들과 나눌 수 있어서 정말 기뻐."

"맞아. 이번에 매진이 엄청나게 빨리 됐대. 기대 많이 하시겠지."

팬들의 기대감이 높아질수록 부담감도 늘어가긴 했다. 하지만 스타원은 빨리 더욱더 좋은 무대를 보여주고 싶다는 마음이 더 강했다.

그때, 스태프가 손짓했다. 스타원은 연습한 대형으로 가서 섰다.

조명들이 모두 꺼지고, 쨍한 핀 라이트 하나만이 내려왔다.

타호가 그때 환상 마법을 펼쳤다. 허공에서 책이 한 권 내려왔다. 잘은 모르겠지만, 타호가 도서관에서 보았던 책과 비슷한 것 같았다.

언젠가 타호는 누군가에게 환상을 보여준다는 건, 시전자의 기억에서 아름다운 것을 꺼낸다는 것과 비슷하다고 말하곤 했었다. 저게 바로 그것이리라.

하늘에서 내려온 거대한 책이 저절로 펼쳐졌다. 펴진 책장 사이로 작은 은하계가 두둥실 떠올랐다. 처음에는 둥근 공만 했던 소우주는 점점 하늘로 솟아오르며 크기를 키워갔다.

어느 순간, 은하계의 별빛들은 점점 확산되며 허공에 흩뿌려졌다. 작았던 별들은 계속 흩뿌려지다가 결국 객석까지 닿았다.

볼 때마다 대단했다. 멤버들은 타호의 마법을 뿌듯하게 바라보며, 실제 공연에서는 환호로 채워질 빈 객석을 보며 웃었다.

리허설이 끝나자, 천장에 달린 조명들이 환하게 켜졌다. 그렇게 객석을 보고 있을 때였다. 솔은 무언가 이상해서 눈을 깜빡였다.

'그림자……? 아니, 연기인가?'

공연장 군데군데 얼룩처럼 이질적인 기운이 있었다. 조명이 강하지 않았을 때는 잘 보이진 않았지만, 환하게 켜지니 눈에 잘 들어왔다.

타호도 그때 환상 마법을 끊고, 예민하게 앞을 응시했다. 무언가 이질적인 기운이 본능적으로 느껴졌다.

"잠깐, 뭔가 이상해."

타호의 말에 솔도 더욱 주의 깊게 앞을 살펴보았다. 검은 기운은 조명 때문에 생긴 그림자인가 했지만, 위치와 방향이 어긋나 있었다. 심지어 멤버들을 향해 앞으로 구불거리며 잠식해 오고 있었다. 그 사실을 알아채자마자 솔이 재빨리 외쳤다.

"다들 뒤로 대피하세요!"

리허설을 관장하던 스태프들은 영문도 모른 채 허둥지둥 대기실로 나가기 시작했다. 솔은 그들이 대피하는 걸 본 뒤 곧바로 불화살을 만들어내 검은 기운 쪽으로 쏘았다.

검은 기운이 불화살에 맞자, 순식간에 흩어졌다. 솔은 안도의 한숨을 내쉬었다. 하지만, 타호가 재차 외쳤다.

"아니야. 없어지지 않았어!"

"뭐? 화살에 제대로 맞았는데?"

솔은 말하고 기운을 다시 쳐다보았다. 흩어졌던 기운들이 다시 꾸물꾸물 모여들어 형체를 갖추며 멤버들 쪽으로 다가왔다.

유진은 바닥을 향해 주먹을 내려쳤다. 충격파까지 일 정도의 강한 펀치였지만, 기운들은 잠시 주춤하더니 순식간에 복구되었다.

"이거 물리적인 공격은 통하지 않아!"

그들을 지켜보던 아비스가 말했다.

'그럼 어떻게 그림자를 없애지?'

유진은 생각하며 다시 한번 그림자를 향해 다리를 휘둘렀다. 기운이 다리를 휘감아 올라오기 시작했다. 진득한 기운이 붙잡는 듯했다.

몸을 가누기가 힘들어져 오는데 검은 것들을 떨쳐낼 방법이 떠오르지 않았다.

그저 내재된 힘을 극대화하고 끌어내려 안간힘을 쓰던 찰나였다.

"아악!"

기운이 비켄의 다리를 붙잡았다. 그 모습을 본 유진은 힘이 곧바로 솟구쳐, 머리에 뿔이 솟아올랐다. 유진은 자신의 발목도 붙잡혀 있다는 사실은 잊은 채, 바로 그림자를 향해 돌격했다. 강철 허수아비를 부쉈던 힘을 떠올리며 비켄의 발쪽을 향해 주먹을 휘둘렀다.

쾅-!

엄청난 소리가 났지만, 무대는 부서지지 않았다. 그저 그림자만 소멸하듯 흩어졌을 뿐이었다. 이건 순수한 힘이라기보다는 마법적인 충격을 줘서 가까워서 가능한 일이었다.

방법을 깨달은 유진은 계속해서 공연장 바닥에 충격파를 뿌렸다. 덕분에 멤버들의 발목은 더 이상 검은 기운에 붙잡히지 않았다.

타호는 눈에 힘을 끌어내어 검은 기운을 살펴보았지만, 이건 마력의 색도, 선도 보이지 않았다. 마력의 흐름이 보인다면 눈으로 끊어낼 수 있을 텐데, 그것도 여의치 않았다.

솔도 훈련을 떠올리며 내재된 힘을 끌어올려 청각에 집중했다. 하지만 역시나 기운은 소리를 내지 않았다.

그때, 아비스가 모스맨을 소환했다. 오르니스 족과 의지를 공유하는 강력한 환수는 아비스의 의중을 알아들었는지 곧바로 초음파를 냈다.

검은 기운은 모스맨의 초음파가 들리는 건지 주춤거리며 발을 내빼기 시작했다. 하지만 이미 넓게 잠식한 기운은 한 번에 없어지기에 규모가 너무 컸다.

이대로라면 끝이 없었다. 스타원은 다른 방법을 찾기 시작했다.

타호는 기운들의 행동 패턴을 주시하기 시작했다.

'뭔가, 뭔가 방법이 있을 거야.'

그때, 모스맨의 날갯짓에 조명의 방향이 바뀌며 빛이 흔들렸다. 그러자 기운의 형태가 일그러지며 변했다.

타호는 바로 소리쳤다.

"빛, 빛이 없으면 돼!"

쿵!

쿵!

하지만 타호의 말은 유진이 바닥을 내리치는 소리 탓에 잘 들리지 않았다. 유진은 어느새 동공이 풀린 채, 미친 듯이 바닥을 치며 기운을 몰아내고 있었다. 팔에는 굵은 핏발이 가득 선 채였다.

유진은 바닥을 치다가 고개를 들었다. 조명을 부수려는 모양이었다.

솔은 허둥지둥 유진을 말렸다.

"유진 형, 안 돼! 여기 콘서트장이야!"

하지만 유진은 솔의 목소리를 못 듣는 듯, 조명을 향해 점프하려 도약 자세를 취했다. 솔은 달려가 유진의 허리를 감았다. 유진은 귀찮은 게 붙었다는 듯 몸을 흔들어 솔을 떨어트리려 했다.

"형, 정신 차려! 안 돼!"

타호는 다급하게 주위를 둘러보았다. 전기를 차단하는 두꺼비집이 어딘가 있을 터였다. 하지만 그 위치는 스태프들이 알 것이었고, 그들은 모두 대피한 뒤였다.

그때였다.

눈부시게 밝았던 콘서트장은 순식간에 암전되었다. 그러자 기운들은 순식간에 온데간데없이 사라졌다.

"어······?"

스타원은 모두 제자리에 멈췄다. 그때 익숙한 목소리가 들렸다.

"이게 다 무슨 일이냐?"

매니저 DK였다. 스타원은 안도한 듯 말했다.

"혀, 형. 어떻게 한 거예요?"

"사람들이 허둥지둥 대피하길래 화재라도 났나 해서 우선 전력부터 차단했지. 어휴, 그런데 아무것도 안 보이니까 힘들다. 너희들, 어디 있니?"

아비스가 손뼉을 치며 말했다.

"이쪽이에요!"

매니저 DK는 칠흑 같은 어둠에도 손쉽게 스타원에게 다가갔다.

"아니, 너희 나눠 줄 물 사러 갔다가 이게 무슨 일이냐. 얘들아, 우선 생수 하나씩 받고 좀 진정해라."

매니저 DK는 숨을 거칠게 쉬고 있는 유진에게 다가가 생수병을 건네주었다. 유진은 매니저의 손길에도 쳐다보지 않고 무릎을 구부린 채 숨을 몰아쉬고 있었다.

"유, 유진 형? 내 말 들려?"

솔이 걱정스레 말했다. 매니저 DK는 그런 유진을 걱정스럽게 바라봤다.

"너, 왜 그래? 어디 아픈 거야?"

"그게…… 요즘 유진 형이 마법을 사용하면 호전적이 되나 봐요. 행동 제어가 잘 안 돼요."

"그거, 괜찮은 거야? 계속 익히면 안 되는 거 아니냐."

솔은 강사가 했던 말을 떠올리며 말했다.

"……처음에만 좀 심하고, 시간이 지나면 괜찮아진대요."

"글쎄, 난 걱정이 된다. 나중에 방송 나가서나, 팬분들 앞에서 그런 모습이 나오면 어쩌려고 그래? 너희도 그런 거야?"

솔은 멤버들을 둘러보았다. 모두 당황한 기색이었고, 일단 유진만 지나치게 호전적으로 되긴 했다. 사실 다른 멤버들도 마법을 사용하다가 어느새 이성을 잃게 될까 봐 무섭기는 했다. 지금은 어찌 저찌 잘 제어한다고 해도 계속 그리리라는 보장은 없었다.

그때 유진이 생수를 받아들며 말했다.

"괜찮았어요. 잠깐 힘들어서 그런 거예요."

툭-.

그렇게 말했지만, 생수병을 그만 손에서 놓치고 말았다. 바닥에 떨어진 생수병은 무대 아래로 데굴데굴 굴러 내려갔다.

솔이 떨어진 생수를 주우려고 했다. 그때였다. 기다렸다는 듯 이명이 들렸다.

"윽!"

솔은 귀를 부여잡고 주저앉을 뻔했지만, 매니저 DK의 염려 가득한 눈빛을 느끼고 겨우 다리에 힘을 주고 바로 섰다.

매니저 DK는 힘들어하는 스타원을 바라보며 한숨을 내뱉었다. 무덤덤하게 보이려 노력하고 있지만, 굉장히 복잡한 감정이 담겨 있었다.

제 44 화
화보 촬영

콘서트장에서 리허설을 끝내고, 오래간만에 드래곤 피크에서 빙의 마법 훈련을 또 한차례 마친 뒤였다. 스타원은 노곤한 몸을 잠시 누이러 숙소 거실에 모여 있었다.

솔은 걱정된다는 매니저 DK의 말을 떠올리며 변했던 귀를 매만졌다. 그러곤 쉬고 있는 멤버들에게 조심스럽게 물었다.

"……어제 매니저 형이 한 말 있잖아. 어떻게 생각해? 마법 훈련, 괜찮은 걸까."

솔의 질문에 소파에 누워 마법서를 보던 타호가 눈을 떼고 말했다.

"생각을 해봐야 할 테지만, 음…… 우리에겐 아직 필요한 숙제가 많은 것 같기도 해."

아비스는 고개를 끄덕이며 난로 근처에서 끓고 있는 약초

수프를 바라보았다. 숙소에 돌아오니 익숙한 냄새가 나고 있었다. 이걸 준비해놓았을 주디는 어느새 가버리고 없었다.

요새 통 얼굴을 보기가 힘들었다.

"그렇긴 하지만, 유진 형, 요새 변한 게 느껴지는데."

비켄이 솔을 바라보며 가까이 다가와 속삭였다.

"괜찮아. 곧 괜찮아질 거야."

유진은 언제 들었는지 이마에 팔을 올린 채로 말했다.

"하지만 마법을 사용할수록 격통이 심해져. 나도 느끼는데, 아프다기보다도 뭔가 기분이 이상해."

"맞아. 보통은 처음에만 좀 아프고 만다던데, 우리가 갑자기 마법을 각성하게 된 게 이유인 걸까⋯⋯."

아비스와 비켄이 차례로 말했다.

"갑자기 강해진 만큼 부작용이 큰 것 같아."

타호가 말하자, 유진의 눈썹이 살짝 들썩였다.

"쓸데없는 걱정이야. 그렇다고 이 힘을 안 쓸 건 아니잖아."

부정할 수 없었다. 누구도 이 힘을 포기할 생각은 없었다.

"저번에 그 검은 기운. 또 멸룡도가의 습격이겠지? 시도 때도 없이 공격하네."

"그래도 이번엔 좀 잘 대처한 느낌이야. 우리 마력으로 어느 정도 몰아낼 수 있었어."

아비스가 말하자, 비켄도 끄덕이며 동조했다.

"우리는 이 힘이 필요해. 나 스스로는 몰라도, 우린 서로를 지켜야 하니까."

이 힘이 껄끄러운 솔마저도 힘의 중요성을 인정했다. 다만, 힘들어하는 멤버들의 모습을 보는 게 우려스러웠다.

"하지만 정말 이대로 괜찮은 걸까. 리더로서 조금 걱정이……."

"걱정되면 어쩔 건데? 그쪽에서 공격하는데 가만히 있을 수는 없잖아! 솔, 너는 쓸데없는 걱정이 너무 많아. 지키기 위해선 강해져야 한다고!"

유진이 욱한 채로 자리에서 벌떡 일어나며 언성을 높였다. 평소에 시니컬하긴 해도 멤버들에게 큰소리를 치던 사람은 아니었기에 멤버들은 모두 눈이 휘둥그레져 유진을 바라보았다.

"형, 나도 강해져야 한다는 건 동의하지만, 생각을 해보자는……."

솔은 유진을 말리려고 팔을 잡으려고 했다. 하지만 유진은 솔의 팔을 거칠게 뿌리쳤다.

탁!

두 번째였다. 모두 정적에 휩싸인 채 그 모습을 지켜보았다.

막상 놀란 쪽은 솔보다는 유진이었다. 유진은 화들짝 놀라며 재빨리 사과했다.

"솔아. 미안해. 아니, 그럴 일도 아닌데 괜히 예민해졌어."

솔은 손을 내려다보며 일단 어색하게 웃었다.

"괜찮아. 아프지도 않아. 그냥, 조금 놀랐어."

"네가 뭘 걱정하는지 알아. 그런데 마법을 안 쓸 수가 없잖아. 그게 답답하다고 느끼던 차였는데……."

솔은 유진이 친 손을 뒤로 숨기며 말했다.

"진짜 괜찮아. 그냥 분위기가 좀 과열됐었나 보다. 우리 좀 피곤한 거 같아. 훈련도 스케줄도 계속 빡빡했잖아."

"마, 맞아. 이래저래 빡빡했잖아."

비켄이 분위기를 풀려는 듯 솔의 말을 거들었다.

"그래, 각자 방에 가서 자자. 사실 지금 아니면 이제 잘 시간도 별로 없잖아."

타호도 눈치를 보며 말하곤 슬그머니 일어나 자신의 방으로 향했다. 아비스도 솔과 유진을 번갈아보더니 방으로 들어갔다.

솔은 정말 괜찮다는 듯 유진의 어깨를 살짝 두드려주곤 방으로 들어갔다.

침대에 누워 벌겋게 부어오른 손을 바라보았다. 별것 아닌 상처지만, 불안감이 밀려들기 시작했다.

손을 쳐낼 때 보였던 유진의 눈빛은 처음 보는 느낌이었다.

'에이, 피곤해서 그런 거겠지.'

유진이 사과했으니 이만하는 게 좋았다. 놀랐을 멤버들에게 분위기를 풀어주기 위해 내일 아무렇지 않게 행동할 예정이었다.

아직도 심장이 두근거렸지만, 자고 일어나면 다 해결될 일이었다. 솔은 애써 생각을 의식 저편으로 밀어두었다.

쾅! 쾅!

저벅, 저벅.

솔은 천천히 걸어갔다. 감각이 선연해진 귀에 저 멀리서부터 무언가 부서지는 소리가 들려왔다.

동시에 자신이 들은 게 확실하다면, 사람의 비명도 섞여 있었다.

저벅, 저벅, 탁탁탁.

천천히 걷던 솔은 비명을 지르는 누군가를 구하기 위해 발걸음을 재촉하고 달려갔다.

소리와 점점 가까워지니 정체를 알 수 있었다.

익숙한 얼굴이 건물을 부수고 있었다. 건물은 계속해서 부서지며 잔재를 흩뿌리고 있었다. 사람들은 그런 괴물을 피해서 비명을 지르며 달아났다.

"유진, 형?"

유진의 신체는 이미 변형되어 뿔이 자라나 있었다. 하지만 그 뿔은 평소와 다르게 하늘 높이 치솟을 정도로 커져 있었다. 눈은 이미 총기를 잃고 동공이 풀린 채였다.

유진은 계속 무언가를 부쉈다. 그는 멈추지 않았다. 사람들은 비명을 지르며 피했다. 솔은 유진을 말리고 싶었다. 아니, 꼭 저지해야 했다. 하지만 그 순간, 몸은 기다렸다는 듯 움직이지 않았다.

소리를 지르려 목소리를 내려고 해봐도 무언가 목에 턱 막힌 듯 소리가 새어나오지 않았다.

솔은 필사적으로 앞을 바라보았다. 건물을 부수던 유진은 맹수처럼 고개를 돌려 도망가는 사람들을 바라보았다.

그러더니 몸을 웅크린 채 빠르게 달려 나가기 시작했다.

솔은 유진이 어떤 일을 하려는지 짐작할 수 있었다. 이대로는 정말 안 된다. 소리치려고, 제발 알아달라고, 말리려고 안간힘을 쓰던 찰나였다.

"헉!"

주변 사물들이 눈에 들어왔다. 드래곤 피크의 포근한 침대 위였다.

솔은 안도의 숨을 길게 내쉬었다. 그게 꿈이라는 사실이 너무 다행이었다. 실제로 유진이 누군가를 그렇게 해친다면……

솔은 고개를 저으며 생각을 털어냈다. 그건 정말 말도 안 되는 생각이었다. 유진이 그럴 리가 없었다.

'은연중에 신경을 많이 썼나 봐.'

솔은 식은땀을 닦으며 침대에서 내려왔다. 꿈에서 얼마나 힘들었는지, 몸이 온통 굳어 있었다.

솔은 이마를 짚고, 침대 옆에 놓아둔 컵을 들어 물을 벌컥벌컥 마셨다.

그때였다.

킥킥-.

등 뒤에서 뭔가가 웃는 소리가 들렸다. 솔은 고개를 돌려 등 뒤를 바라보았다. 분명 웃음소리가 들렸는데, 뒤에는 아무것도 없었다.

　스테인드글라스 창문이 있는 멋진 고성. 색색의 유리 사이
로 환한 빛이 들어왔다. 여기서 스타원이 화보 촬영을 하는 일
정이 있어, 매니저 DK와 함께 드래곤 피크 입구에서 이동했
다.

　솔은 세팅된 머리칼을 조심스럽게 넘기며 화보 콘셉트와 촬
영 장소를 세세하게 살펴보았다. 이국적인 분위기가 물씬 풍
겨왔다.

　솔은 한숨을 길게 내쉬며 하늘을 바라보았다. 어제 꾼 꿈 내
용을 혼자 고민하자니 숨이 턱 막혀왔다. 그 꿈을 멤버들에게
말할 수는 없었다.

　엘프의 예지 능력, 그것과 관계가 있는 걸까. 하지만 섣불리
멤버들을 걱정시킬 수는 없었다. 몇 번 입을 떼려 해보았지만,
그럴 때마다 번번이 그만두었다.

　말해보았자 바뀌는 것은 없을 것이다. 어차피 힘을 안 쓸 수
는 없었다. 강사는 시간이 해결해줄 거라는 말만 되풀이했지

만, 고통은 사라지지 않았다.

솔은 고개를 저으며 생각을 털어냈다. 어쨌거나 지금은 일에 집중해야 했다.

"와, 여기 멋지다."

아비스가 주위를 둘러보며 말했다.

"잘 부탁드립니다!"

"잘 부탁드립니다."

스타원은 사진작가와 스태프들에게 잘 부탁한다며 인사했다. 그들은 친절하게 화답하며, 잠시 기다리라고 했다.

솔은 잡생각을 잊어버리려 괜히 고성을 더 자세히 둘러보았다. 계속 살펴보다 보니, 석조 바닥에 기하학적 무늬가 새겨져 있었다. 솔은 그 문양을 한참이나 바라보았다.

어딘가 눈에 익었다. 묘한 기시감이 들기 시작했다.

'뭐더라……. 비슷한 문양이 있었던 거 같은데. 아, 그때 그 도서관!'

이세계로 이동했던 도서관의 바닥 문양과 유사했다. 솔은 눈을 깜박였다.

"자, 스타원! 이쪽으로 이동해 주세요!"

'뭐, 기분 탓이겠지.'

솔은 더 생각하지 않고 스태프가 부른 곳으로 발을 옮겼다. 다른 멤버들은 모두 이미 모여 있었다.

사진작가는 눈을 카메라에 가까이 붙인 채 셔터를 누르기 시작했다. 단체 촬영은 제법 빨리 끝났다. 사진작가는 수월한 촬영에 매우 만족해하며 스타원에게 말했다.

"아, 한 가지 부탁드려도 될까요? 스타원은 환상의 동물들과 함께 다닌다고 들었는데요. 귀여운 동물들도 다 같이 모여 함께 찍어 보면 어떨까요?"

좋은 생각이었다. 늘 함께 다니지만, 단체 사진을 찍을 일은 없었다. 스타원은 대기실에서 놀고 있는 아이들을 하나씩 품에 꺼안고 촬영 장소로 되돌아왔다.

아비스의 타와키는 자기의 멋진 존재감을 뽐내고 싶은지 날개를 활짝 펼치며 삐옥삐옥 울었다. 아비스는 그런 타와키가 귀엽다는 듯, 초록색 깃을 쓰다듬어 주었다.

쟁은 오자마자 유진의 다리에 체취를 묻히듯 목을 몇 번 부볐다. 유진도 쟁의 이마를 쓰다듬어 주었고, 쟁은 눈을 반쯤 감고 그 손길을 즐겼다.

볼퍼팅어도 큰 귀를 쫑긋거리며 솔의 품에 얌전히 안겨왔다. 비켄의 조롱박 곰은 촬영 장소에 내려놓자마자 조명 등 기구들의 전선을 씹어댔다.

"아앗! 씹지 마, 뱉어! 어휴, 참⋯⋯."

비켄은 그런 조롱박 곰을 잽싸게 들어올렸다. 자꾸 사고를 치고 다니는 곰의 코를 살짝 톡 쳐주었다.

"내가 함부로 먹지 말라고 했잖아. 아니, 다른 애들은 다 점잖은데, 너는 왜 그래!"

"조금은 알 것 같기도⋯⋯."

"뭐, 왜, 뭐!"

그때 타호가 옆에서 쿡 웃으며 말했다. 비켄은 버둥거리는 조롱박 곰을 겨우 안아 든 채 타호에게 살짝 눈을 흘겼다.

패밀리어들은 제각기 성격에 개성이 넘쳤는데, 조금은 주인의 성격을 닮은 것 같기도 했다.

비켄이 조롱박 곰을 안고 소동을 벌이는 동안, 타호의 라타토스크는 익숙하게 타호의 몸을 타고 올라갔다. 이제 모든 멤버와 패밀리어들이 한자리에 모였다.

"자, 준비 다 되셨으면 이제 찍습니다! 여기 정면을 보세요."

촬영은 다시 시작되었다. 스타원은 능숙하게 포즈를 잡았다.

찰칵, 찰칵-.

사진작가는 그 모습이 즐거운지, 웃음기를 가득 담고 말했다.

"좋습니다. 이제 마지막이에요."

솔은 눈을 깜박이며 마지막 플래시를 기다렸다.

그런데 왜일까. 갑자기 플래시가 터지는 순간이 길어진 느낌이 들었다. 눈앞이 부시고, 사진기 셔터 소리가 이상하게 늘어졌다.

'어?'

눈앞이 번쩍거렸다. 반사적으로 눈을 질끈 감은 뒤, 솔은 볼퍼팅어를 꽉 껴안았다. 누군가가 허리 아래를 쑥 잡아당기는 듯한 느낌이 들었다.

'뭐, 뭐야? 이 느낌은.'

끝이 없는 구멍에 몸이 불쑥 빠지는 것 같았다. 솔은 멤버들을 살펴보려고 했지만, 너무나 강렬한 빛 때문에 눈조차 뜰 수 없었다.

얼마나 그렇게 있었을까.

솔이 다시 눈을 떴을 때, 익숙한 스테인드글라스 문양이 보였다. 하지만 사진기도, 스태프들도 없었다.

강렬한 햇빛 아래, 특이한 복색의 사람들이 지나다니고 있었다.

제 45 화
낯선 세계

스타원은 주위를 급히 둘러보았다. 너무도 달라진 배경에 상황이 잘 와 닿지 않았다. 그저 화보 촬영을 하고 있었을 뿐인데, 갑자기 낯선 중세식 건물의 차양 밑에 서 있었다.

익숙한 듯하지만 적응은 되지 않는 상황에서 타호가 작게 중얼거렸다.

"우리, 또 전과 같은 일이 벌어진 걸까⋯⋯?"

솔은 빠르게 앞을 지나다니는 사람들을 멍하니 바라보며, 잠시 굳은 채 서 있었다. 그들이 입은 복색은 역사책에서도, 사극에서도 전혀 본 기억이 없었다.

그들이 지나갈 때 발걸음에 맞춰 하늘거리는 천이 바람에 부드럽게 흩날렸다. 부드러운 시폰처럼 보이는 소재로, 햇살이 비치는 각도에 따라 문양이 드러났다가 사라졌다. 솔은 천 자락이 스치면서 내는 소리를 들으며 계속해서 옷을 바라보았다.

그저 부드러워 보이기만 하는 천이면 벌써 고개를 돌렸을 것이다. 하지만 강렬한 햇살 때문에 눈을 가리면서도 계속 사람들을 바라보았다. 도저히 눈을 뗄 수 없이 아름다운 옷이었다.

얇디얇은 소재로 된 옷은 아무것도 매달지 못할 듯 연약해 보이지만, 사람들은 하나같이 옷에 장신구를 주렁주렁 달고 있었다. 천에 달린 보석들은 빛을 반사하며 찬란하게 빛났다.

손가락마다 끼워진 반지는 붉은빛을 내비쳤고, 목에는 무거울 만큼 화려한 장신구가 있었다. 눈이 시릴 만큼 아름다운 느낌이었다.

"십 년 동안 볼 보석을 여기서 다 보는 것 같다."

비켄이 입을 헤 벌린 채 말했다.

"여기선 이런 패션이 유행인가?"

"글쎄, 형. 내 생각엔……."

솔이 고개를 갸웃거리자, 타호가 끼어들어 말했다.

"해외 다큐멘터리에서 본 적 있는 것 같아. 장신구에는 주술적인 의미도 있대. 악령을 피하고 행운을 부른다던가? 여기도 그런 의미를 갖고 있는 게 아닐까."

"흠, 그럴듯하네."

유진이 고개를 끄덕였다. 솔은 더 자세히 주위를 살펴보았다. 그러다 뭔가를 깨달은 듯 저절로 신음을 내뱉었다.

"저…… 저 문양 보여?"

솔이 가리킨 곳을 유진이 물끄러미 보았다. 그러자 솔이 무슨 말을 하려는지 단번에 알아챘다.

"우리가 조금 전에 있던 고성에 비슷한 문양이 있었어!"

이 세계의 건물과 옷 곳곳에 문양이 즐비했다.

"음, 그 고성의 문양이 우리를 이곳으로 부른 어떤 기제일 수도 있겠네."

솔은 이마를 짚고 차근차근 상황을 정리했다.

"우리가 또 낯선 곳으로 온 건 맞는데, 이번엔 사람들도 있어. 항상 외딴곳이었는데 말야."

항상 한 명만 존재하는 외로운 곳으로 떨어졌었는데, 이번엔 왜인지 사람들도 존재했다. 솔은 행여 사람이 존재하는 곳에서의 일은 더 위험할까 걱정이 되어 끄응 소리를 내었다.

그때 타호가 작게 속삭였다.

"일단, 우리 최대한 조심하자. 저런 복장이 일반적인 곳에서 우리는 너무 특이하잖아. 누가 봐도 이방인이라고. 호의적이면 좋겠지만, 배타적일 수 있어."

스타원은 모두 동의하며 고개를 끄덕였다. 그때 아비스가
말했다.

"그런데 좀 이상하지 않아?"

"뭐가? 복장이?"

"아니, 여긴 시장이잖아. 북적거리기도 하고. 한두 사람쯤은
우릴 보고 놀라야 정상 아니야? 이렇게 버젓이 서 있는데."

예리한 지적이었다. 그러고 보면 아무도 그들을 바라보고 있
지 않았다.

그때였다. 스타원이 햇빛을 피하려 서 있던 차양 뒤, 가게 문
이 열리며 사람이 나왔다. 열리는 문에 아비스가 등을 부딪칠
뻔했지만, 그 사람은 못 봤다는 듯 무관심하게 갈 길을 갈 뿐
이었다.

'우리를 보지 못하는 것 같아.'

타호는 눈을 가늘게 떴다. 이상했다. 사람들은 모두 너무도
무감각해 보였다. 일부러 모른 척하는 것 같지도 않았다.

타호는 눈에 마력을 집중했다. 어쩌면 다른 세계에서처럼
하얀 실들이 뭉쳐져 이들의 정체를 알려줄지도 몰랐다.

그렇게 눈이 점점 뜨거워져 오고, 타호의 생각은 깔끔히 배
신당했다. 마력으로 달궈진 눈에 보이는 건 오히려 형체가 사

라져버리는 사람들이었다.

타호의 시야에서 사람들의 존재가 점점 지워졌다. 색이 사라지고, 움직임도 느껴지지 않았다. 마침내 그들은 원래 그 자리에 없던 사람들이었다는 듯, 투명해지기에 이르렀다.

타호는 숨을 들이켰다. 식은땀이 목덜미를 타고 흘러내렸다.

'내가 본 게 뭐지?'

솔은 살짝 비틀거리는 타호를 부축하며 물었다.

"왜 그래? 뭐라도 본 거야?"

"이상해. 마치 유령 같아. 내 눈이 이 사람들은 실체가 없다……고 말해 주는 것 같아."

"실체가 없다니, 그게 무슨……."

솔은 무슨 말이냐는 듯 갸웃거리려다 흠칫했다.

생각해보면, 악몽을 꾸면 늘 이랬다. 이렇듯 아무도 자신을 보지 못하는 상태에서 거리를 헤맸다.

'이러다가 괴물에 쫓겼지.'

정체를 알 수 없는 커다란 고양이. 그것에게서 벗어나기 위해 달리고 또 달렸지만, 결국 그 괴물은…….

절대 벗어날 수 없었다. 신음이 저절로 나왔다.

"후우……."

"무슨 생각을 그렇게 해? 안색이 안 좋아."

그때 유진이 솔의 어깨를 다독여주었다. 솔은 목덜미를 쓸어내리며 어색하게 웃었다.

"그냥 좀 안 좋은 생각이 나서."

"그래. 뭐, 이런 상황에서는 그럴 수도 있지. 하지만 솔아, 쟤네 좀 봐."

유진은 손가락으로 소환수들을 가리켰다. 비켄의 조롱박 곰과 유진의 쟁이 한가로이 투덕거리고 있었다. 솔은 못 말린다는 듯 희미하게 웃었다. 얼핏 보면 싸우는 것 같아서 떨어뜨려 놓아야 할까 싶지만, 오래 함께 지내다 보니 알았다. 그냥 친하게 노는 거였다.

"위험한 곳이라면 저 녀석들부터 긴장하곤 했잖아. 우리보다 감이 좋으니까."

소환수들이 평화롭게 장난을 치는 거면 안전한 곳이리라는 방증이기도 했다. 엎치락뒤치락 장난을 치는 소환수들이 귀여워 보였다. 조롱박 곰이 쟁의 코를 살짝 깨물자, 쟁의 꼬리가 바짝 섰다. 쟁은 화들짝 놀라 그대로 거리로 튀어 나갔다.

"어! 쟁, 안 돼!"

유진이 쟁을 잡으려 한 발자국 달려 나갔을 때였다. 유진은 최대한 조심하려 했지만, 사람들 사이를 지나다니다가 한 사람과 맞닥뜨렸다.

"어?"

분명히 닿을 거리였다. 하지만 아무런 감각도 들지 않았다. 유진은 화려한 장신구를 단 한 남자를 그냥 '통과'해 버렸다.

이상하고 신비로운 느낌이 들었다. 안개가 피부를 쓸고 지나가는 듯 느껴졌다. 유진은 스산함에 몸을 떨며 돌아보았다. 웃기게도, 그 남자도 한기가 돈다는 듯 몸을 부르르 떨었다.

친구로 보이는 옆 사람과 뭐라 말했다. 언어가 달라서 알 수 없지만, 표정만 봐도 알았다. 소름이 돋았다고 하는 거 같았다.

유진은 그 광경을 멍하니 바라보다 멤버들을 향해 말했다.

"우리, 이 사람들과 닿지 않아. 그대로 통과할 뿐이야. 너희도 시험해 봐."

유진의 말에 멤버들은 믿기 어렵다는 표정을 지었다가, 이내 거리로 나와 사람들과 몸을 맞서 서기 시작했다. 그러자 정말 몇몇 사람이 그대로 통과했고, 모두들 스산하다는 듯 몸을 떨 뿐 누구도 인지하지 못했다.

"대체 뭘까? 우리가 유령인 걸까, 아니면 저들이⋯⋯?"

타호가 손을 내뻗은 채 말했다. 자신의 몸은 투명하게 보이지 않았다.

"차원이 달라서 그래."

그때, 익숙한 미성이 들려왔다. 타호도 아무렇지 않게 대답
했다.

"그렇지. 아무래도 우리가 있는 곳과는…… 어?"

타호는 말하며 뒤를 돌아보았다. 하지만 아비스는 그곳에
없었다. 분명 아비스의 목소리였는데. 솔도 비슷하게 느낀 듯,
타호와 눈이 마주치자마자 서둘러 주위를 돌아보았다.

어리둥절한 채 한참을 둘러보았지만, 목소리의 정체는 찾을
수 없었다.

얼마나 그러고 있었을까. 웃기게도 그 목소리의 주인은 고개
를 올려다봐야 찾을 수 있었다.

처음엔 눈을 뜨기 힘들었다. 환한 햇살이 보석처럼 부서져
속눈썹 위에 내려앉았다. 눈을 몇 번 깜박이자, 나뭇가지에 아
슬아슬 걸터앉은 한 남자가 보였다.

……간만에 떨어진 낯선 세계는 화려함의 극치였다. 수많은
보석, 문양이 정신을 잃게 만들었다. 분명히 화려하다고 생각
했지만, 왜일까.

이제까지 보았던 어떠한 보석보다 저 남자가 눈부셔 보였다.

참 이상했다. 남자의 옷차림은 굉장히 수수했다. 아니, 오히려 단출하게 보일 정도였다. 그는 그저 하얀 천을 길게 늘어트린 옷을 입고 있을 뿐이었다.

남자는 스타원을 보며 생긋 웃었다. 깃털이 피부를 쓸어내리는 듯한 부드럽고 간질거리는 미소였다.

그 따뜻하고 신비로운 느낌은 팀의 막내인 아비스와 비슷했다.

'아마도, 저 사람은…….'

솔이 생각할 때였다.

남자는 높은 나무 위에 앉아 살짝 다리를 흔들었다. 균형이 흐트러졌지만 전혀 위험해 보이지 않았다. 오히려 그 자리가 너무나 잘 어울렸다.

솔은 남자의 살짝 깊은 눈매를 바라보며 조심스럽게 물었다.

"당신은, 누구신가요?"

남자는 무어라 중얼거렸지만, 역시나 스타원에게 닿지 않았다.

"음, 뭔가가 내 존재를 밝히는 걸 막고 있구나."

"네, 저희는 익숙해요. 인과율인가, 그거 맞죠?"

비켄이 당차게 물었다.

"그리고 당신이 저희를 부른 거고요."

이에 더해 타호도 말했다. 그들의 질문에 놀랐는지, 남자의 가뜩이나 큰 눈이 더 커졌다.

"응. 그런데 이런 게 익숙하다니 대단한걸."

"어쩌다 보니 그렇게 되었네요. 아, 그나저나 촬영장은 어떡하지? 촬영하고 있는데 갑자기 증발해버린 거잖아."

솔은 남자의 말에 대답하다가 한숨을 푹 내쉬었다. 그러자 남자는 고개를 저었다.

"음, 잘은 모르겠지만 말야. 너희 세상은 지금, 멈췄을 거야."

타호가 남자에게 말했다.

"마법서에서 봤어요. 누군가 한 차원에서 다른 차원으로 이동한다는 건 세계의 시간 축에 지극한 부담을 준다고요. 그래서 이동해 있는 동안은 시간이 왜곡된다고……."

멤버들은 타호의 말을 전부 이해할 수는 없었지만, 다들 고개를 끄덕이며 말했다.

"그러고 보니 드래곤 피크도 바깥세상과 시간이 미묘하게 달랐잖아."

"그러게. 어느 공간에 있느냐에 따라 시간이 달라지는 건가?"

남자는 끼어들듯 말했다.

"하지만 이 상태로 계속 머무는 건 한계가 있을 거야. 너희 가 너무 오래 시간 축을 뒤튼다면 순리대로 되돌리려 하겠지. 둑으로 막아 놓은 건 언제나 터지기 마련이니까. 아마 세계는 다른 방법을 쓸 거야."

타호는 깜짝 놀라서 되물었다.

"다른 방법이 뭔데요?"

남자는 잠시 고민하다가 대답했다.

"너희의 존재를 없애려고 하겠지?"

"그, 그건 저희를 죽이기라도 한다는 건가요?"

"그것도 부담이 큰 방향이니까, 음……."

남자는 머리칼을 한 번 쓸어 넘기고 말했다.

"더 간단하고 쉬운 방법을 쓸 거 같다. 사람들의 기억을 지 울 거 같은데?"

기억에서 지워버린다니, 죽는 것만큼이나 싫었다. 솔은 가족 들, 게다가 팬 분들, 나아가 모든 이들의 기억에서조차 모조리 삭제된다는 건 존재 가치가 없어지는 것과 다름없었다. 심지어 스타원처럼 대중의 사랑을 받고 사는 아이돌로서는 더더욱.

"너희에 대한 기억이 제일 가벼운 사람들부터 서서히 지워
나갈 거야."

제 46 화

장인

스타원을 인지하고 있는 대중부터 애정이 깊은 팬들까지 천천히 확대되며 잊힐 거라는 뜻이었다. 그러면 곤란했다. 이제 겨우 유명해지고 이름을 알리기 시작했다. 곧 있을 대규모 콘서트도 성황리에 마쳐야 했다.

　결국, 재빨리 돌아가야 했다. 솔은 물끄러미 남자를 바라보았다. 이제까지의 경험으로 보았을 때, 원래 있던 세계로 돌아가려면 이 남자의 숙원을 이뤄주어야 했다.

　남자는 갑자기 몸을 들썩이더니, 높은 나무에서 뛰어내렸다. 위험하다고 말할 새도 없었다. 하지만 그런 말을 할 필요 없다는 건 바로 알았다.

　등 뒤에서 새하얀 날개가 펼쳐졌다. 남자는 천천히 하강하다가 땅에 발을 디딘 뒤 날개를 접었다.

"나는 많은 단어로 지칭이 되곤 해. 음, 너희에게는 왜인지 '장인'으로 불리고 싶네."

"장인이라니, 뭔가를 만드는 분인가요?"

아비스가 물었다. 왜인지 다소 의외였다. 거친 연장을 든 다부진 인상이 아닌데 장인이라니 신기했다.

하지만 솔은 보았다. 햇살 속에서 천사 같은 미소를 짓는 남자였지만, 손은 험하고 흉터투성이였다.

남자는 증명하듯 스타원을 향해 두 손을 쫙 펼쳐 보였다. 다들 손을 보기만 해도 신음을 흘렸다. 무척이나 아파 보였다. 생채기가 난 손은 그 무엇보다 확실한 '장인'의 증거였다.

비켄은 주머니를 뒤졌다. 만약 화보 촬영이 아니었다면, 포션 한 병쯤은 굴러다닐 텐데. 애석하게도 지금은 아무것도 없었다.

"아파 보여요."

"아, 아티팩트를 만드느라 최근에 많이 다쳤어."

남자는 손을 오므리며 말했다.

"원래는 별빛을 모아 너희를 부르려 했어. 하지만 별빛마저 희미해진 지금은 빛을 모을 수 있는 아티팩트를 만들어야 했지. 하다 보니 거대한 제단이 되어 버렸어."

스타원은 주위를 둘러보며 제단을 찾았다. 남자는 웃으면서 고개를 저었다.

"너희들이 나타나자 바로 소멸했어. 애초에 너희를 부르기 위한 수단이었거든."

남자는 손가락을 한 번 튕겼다. 그러자 눈부신 햇빛은 모두 어딜 갔는지, 갑작스레 모든 빛이 사라지고 세상이 깜깜해졌다.

모든 빛을 집어삼킨 듯 한치 앞도 보이지 않았다. 밤하늘에는 별도 보이지 않았다. 까만 어둠 속에서 남자가 말했다.

"너희를 부르느라 모든 별의 염원을 다 소진했어. 얼마 남지 않은 것을 증폭시키느라 힘들었지. 거듭되는 실패 끝에 결국 너희가 와줬구나."

남자는 부드러운 미성으로 말을 이었다.

"다행이야. 미궁을 닫는 걸 도와줄 이가 간절했거든. 어서 와. '장인의 나라'에 온 것을 환영해."

멤버들은 모두들 조금 쓸쓸하게 웃었다. 벌써 몇 번 반복된 만남과 이별로, 이번엔 어떤 이별이 예정되어 있을지 약간 슬퍼져 왔다. 솔은 애써 무덤덤하게 물었다.

"저희가 뭘 해 드리면 될까요, 그리고 당신은 대가로 무엇을 줄 수 있나요?"

장인은 그 말에 조금 놀란 듯 눈을 동그랗게 떴다.

아비스는 어색하게 웃고 말했다.

"익숙해 보이죠? 어쩌다 보니 별일을 다 겪게 되더라고요. 그런데 이번에는 좀 특이해요. 주사위로 이동한 것도 아닌데 갑자기 와버렸어요. 그 아티팩트라는 제단, 대단하네요. 장인의 솜씨인가……."

"사실 아티팩트의 힘만으로 너희를 부른 건 아닐 거야."

"네? 하지만 그거로 우리를 부르셨다면서요."

"미약하지만 소환 능력도 필요했어. 나는 장인이지만 소환사이기도 하거든."

장인은 손바닥을 쥐었다가 펴면서 쓰게 웃었다.

"거의 소실한 힘이어서 아티팩트로 쥐어짜야 했지만……."

아비스는 타와키를 바라보았다. 같은 소환사로서 소환의 힘을 소실했다는 게 무슨 의미인지 조금 불안했다.

아비스의 시선을 느낀 타와키는 삐옥삐옥 울면서 어깨에 앉았다. 마법을 발현한 이후로 이 친구들을 만날 수 없다는 생각은 한 번도 해본 적 없었다.

'그건 너무 외로울 거 같아. 이미 없어서는 안 될 존재가 되

어 버렸어.'

아비스는 장인도 외로울 거라 생각해 타와키에게 무언으로 눈을 맞추었다. 패밀리어인 타와키는 아비스의 의도를 알아채고 자연스럽게 장인에게 날아갔다. 장인은 타와키가 다가오자, 팔을 내밀었다. 타와키는 날개를 파닥이며 장인이 내민 자리에 앉았다.

"쓰다듬어도 되니?"

타와키는 고개를 치켜들며 삐욱거리며 울었다. 허락이란 뜻이었다.

장인은 타와키를 조심스레 쓰다듬었다. 거친 손끝에 보드라운 깃털이 만져지자 환한 웃음이 절로 배어 나왔다.

"나 외에 소환사를 본 건 처음이야. 특히 새의 아이는. 우리 종족은 흔하지 않거든. 세상은 우리 종족이 많아지는 걸 원하지 않아. 소환이란 건 굉장히 변칙적인 힘이잖아. 쓸 수 있는 사람이 많아지는 것은 아무래도 위험하니까."

아비스는 본인의 능력이 특별하다고 생각지 않았었다. 항상 자연스럽게 필요할 때마다 써 왔던 터라, 별로 놀랍지 않았다.

"소환은 본능으로 쓰는 것과 다름없는 힘이긴 해. 나도 한 번도 상상해본 적 없었어. 이 힘이 소멸하는 걸 말이야. 가치

있는 곳에 써서 후회하진 않지만……."

남자의 말에는 안타까움이 가득 배어 있었다. 그걸 아는지 타와키가 위로하듯 삐옥 하며 울었다.

"하하. 내 마음을 아는 거야? 너 정말 귀엽구나."

장인은 타와키를 보며 웃었다. 아비스도 그 모습을 보며 뿌듯하게 웃었다. 누군가에게 힘이 되어 주었다는 사실이 기뻤다.

남자는 환히 웃다가 느릿하게 손짓했다. 가느다란 팔목에 걸린 팔찌가 반짝이자 어디선가 상자 세 개가 획 날아왔다.

남자는 손가락을 튕겼다. 그러자 첫 번째 상자가 기다렸다는 듯 활짝 열렸다.

새하얀 상자 안에는 아주 작은 씨앗이 모여 있었다.

"꽃의 씨앗이야. 이건 마법의 꽃이라서 발아되기조차 쉽지 않아. 대지의 아이의 힘이 필요한데, 찾기 쉽지 않지."

비켄은 바로 손을 들었다.

"제가 마침 바로 그 대지의 아이입니다! 맡겨주세요!"

장인은 놀란 듯 숨을 들이켰다.

"와, 대단하구나. 새의 아이에, 대지의 아이까지. 다른 친구들은 어떤 종족일지 기대되는걸. 그럼, 이 씨앗을 발아시켜서 내가 원하는 곳에 심어줄 수 있을까? 그게 내가 원하는 것의 전부야."

남자는 말하며 손짓했다. 그러자 작은 상자가 두둥실 떠올라 비켄에게 다가왔다. 비켄은 팔을 내밀어 그 상자를 소중하게 안았다.

"하지만 제가 정말로 이 씨앗을 발아시킬 수 있을지는 미지수고…… 그래서, 대가는 나중에 듣는 걸로 하죠. 제가 성공하면 말이에요."

비켄의 말에 놀란 쪽은 솔이었다. 비켄이 어느새 저런 것까지 생각하고 있었다니 한편으로 대견했다.

"솔 형, 내가 발아시키는 걸 성공하면 그 뒤에 계약하자."

솔은 빙그레 웃으며 고개를 끄덕였다.

"좋아."

아비스는 눈을 가늘게 뜨며 소곤소곤 말했다.

"비켄 형, 오늘따라 좀 달라 보여."

스타원의 막내는 고개를 갸웃거렸다. 비켄은 나를 믿지 못하느냐고 괜히 우는 척을 했다.

"아비스, 나는 원래 이렇게 침착해."

둘은 한참을 그렇게 주고받았다. 장인은 그 모습을 바라보며 슬쩍 웃었다.

"새의 아이가 막내구나."

"네, 막내이긴 하지만 듬직해요. 책임감도 강하고, 뭐든지 노력하고요."

비켄이 자랑스레 말했다.

"정말 나랑 비슷한 아이네. 나도 너희처럼 동료인 형들이 많았는데 말이야."

그 말에는 그리움이 가득 담겨 있었다. 옛 기억을 떠올리는 장인의 눈빛은 슬퍼 보였다.

남자는 순수한 눈빛을 띠는 스타원을 한번 둘러보았다. 척 봐도 선한 이들이라는 게 느껴졌다.

비켄은 씨앗을 받자마자 땅에 묻고 끙끙거리고 있었다. 마력을 손에 집중해서 모아 퍼부으며, 어떻게든 발아시키려고 노력했지만 잘 안 되었다.

지친 비켄이 바닥에 털썩 주저앉았다. 조롱박 곰은 그런 비켄을 위로하듯 버둥버둥 비켄의 머리 위로 기어올랐다.

겨우겨우 머리 위로 올라왔지만, 비켄은 조롱박 곰을 바닥에 내려놓으며 말했다.

"가뜩이나 힘든데, 머리 위로 올라오기냐."

조롱박 곰은 겨우 겨우 올라갔는데 아래로 내려놓은 게 화가 나는지 빠! 하고 울었다. 비켄은 울상이 되어 조롱박 곰을 품에 꼬옥 껴안았다.

"내가 기술이 부족한 걸까, 힘이 모자란 걸까? 아, 설마 두 개 다인가?"

그때, 비켄의 머리에 불현듯 한 가지 방법이 떠올랐다.

빙의 마법.

빙의를 한다면 두 가지 모두 보완할 수 있을 터였다. 하지만 그건 쓰고 싶지 않았다. 고통도 고통이지만, 빙의하게 되면 왜인지 자신의 정체성을 잃게 되는 느낌이었다.

열심히 훈련하고 있지만, 왜일까. 웬만하면 그 힘을 사용하고 싶지 않았다.

비켄은 계속 마력을 씨앗에 불어넣어봤지만 여전히 실패만 거듭했다. 조롱박 곰은 그런 비켄이 안쓰러운지 살짝 손을 물었다.

비켄은 그 모습에 힘입어 젖 먹던 힘까지 마력을 끌어올렸다. 손에 응축시켜 집중한 뒤, 씨앗을 향해 내뿜었다.

그러자 희한하게 싹 몇 개가 솟아올랐다.

"어, 이, 이거 봐! 내가 해냈어! 봐봐!"

"발아했네. 잘했어! 아까는 안 됐잖아. 어떻게 한 거야?"

"그, 글쎄. 좀 더 힘을 줬나? 아!"

비켄은 안고 있는 조롱박 곰을 내려다봤다. 조롱박 곰은 꼼지락거리며 빠! 하고 울었다.

"귀여운 걸 안고 있어서 됐나?"

"그, 그런 거야?"

솔은 멀리서 놀고 있는 볼퍼팅어를 바라보았다. 볼퍼팅어는 깡충깡충 어디론가 뛰어가려 했지만, 솔이 진지하게 볼퍼팅어를 안아 들었다. 안아 든 상태로 화살을 쏴볼까 싶을 때였다. 갑자기 웃음소리가 들렸다.

"아하하!"

장인이 배를 잡고 웃었다. 갑자기 부끄러워진 비켄과 솔은 화끈거리는 얼굴을 숙였다.

"안고 있으니까 되길래……."

비켄은 고개를 숙인 채 웅얼거렸다. 아비스는 그 모습이 부끄러운 듯 고개를 절레절레 저었다. 장인은 웃느라 눈물을 훔치며 말했다.

"아냐 아냐, 괜찮아. 든든한데? 저거 발아시키는 건 굉장히 힘든 거야. 마법 쓴 지 얼마 안 된 거 같은데, 대단한걸?"

장인의 말에 비켄은 화색이 돌며 빙글 돌아섰다. 그러고는 가슴을 펴면서 말했다.

"그렇죠? 나만 힘든 게 아니었어! 아비스, 그래도 난 해냈어! 그러니까 이제 장인 형이 준다는 대가를 들어 봐!"

비켄의 의지가 느껴지는지, 안겨 있는 조롱박 곰도 함께 격렬하게 고개를 끄덕였다.

"큭! 너희, 정말 귀엽구나. 좋은 형을 두었네."

장인이 아비스의 어깨를 두들기며 말했다.

"네. 가끔 살짝, 아주 살짝……."

부끄럽지만요.

아비스는 끝말을 내뱉지 않고 속으로 삼켰다. 그저 살포시 웃음을 지을 뿐이었다.

"큭큭, 그래. 내가 줄 선물은……. 흠. 고민되네."

남자는 골똘히 고민하다가 말했다.

"힘이 되어 주었으면 좋겠는데 말이야."

장인은 말하고 허공에 손짓했다. 정교하게 조각된 돌 상자가 바닥에서 튀어나왔다.

"어라?"

아비스는 순간 놀랐다. 상자의 모양이 눈에 익었다. 하얀 설

산에서 자신이 조립했던 것과 비슷했다.

상자가 열리자, 안에는 화관으로 보이는 것이 들어 있었다. 하지만 왜인지, 꽃은 피어 있지 않고 앙상한 나무줄기로만 되어 있었다.

그런 스타원의 눈빛을 눈치챘는지, 장인이 설명했다.

"이 화관은 소환 능력에 도움을 줘. 차원 사이를 잘 잇게 해주는 고대의 아티팩트야."

"화관 맞나요? 꽃이 안 피어 있는데……."

아비스는 무심코 손을 뻗어서 화관을 집어 들려고 했다. 하지만 남자가 아비스의 팔목을 잡아 그걸 막았다.

제 47 화

유령의 세상

"안 돼. 주인이 아니면, 모든 생기를 빨아들이거든."

"앗, 위험하네요."

"자고로 아티팩트의 성능이 높을수록 적응하기 전까진 위험하지."

"오, 맞아."

비켄이 마법 지팡이에 손을 가져다대며 고개를 끄덕였다. 처음 지팡이를 가졌을 때 괴롭힘당했던 게 생각났다. 비켄은 몸을 부르르 떨었다.

아비스도 화관으로 내뻗던 손을 조심스럽게 회수했다.

남자는 손가락을 다시 한번 튕겼다. 또 다른 상자가 튀어나와 곧바로 활짝 열렸다. 상자에는 모양과 색이 각기 다른 뿔피리가 가득 담겨 있었다.

"이 뿔피리는 소환사의 부름을 더 먼 차원까지 닿을 수 있도록 도와주곤 해."

"종류가 굉장히 많네요."

아비스는 다양한 뿔피리를 보며 말했다.

"어떤 걸 가져가야 하나요?"

"뭐가 적당하려나. 음…… 우선, 너의 마력 상태를 살펴봐야겠다."

남자가 아비스의 손을 맞잡았다. 거친 감촉과, 약간 서늘한 체온이 느껴졌다. 남자의 눈썹이 꿈틀거렸다. 뭔가를 계속 생각하더니, 한숨을 내쉬었다.

"측정 능력이 예전 같지 않네. 바로 느껴지지가 않아. 뭐, 하지만 다른 방법이 있으니까 괜찮아."

남자는 아비스의 손을 놓고, 목걸이를 쥐었다. 그러더니 가차 없이 보석 하나를 부쉈다.

아비스는 놀라서 외쳤다.

"그, 그거 귀한 거 아니에요?"

"괜찮아. 쉿."

남자는 부서진 보석 파편들을 입가에 가져갔다. 그러고는 조심스럽게 호- 하며 불었다.

보석 파편은 아비스의 몸으로 날아와 주변을 빙글빙글 맴돌았다. 보석의 빛은 몇 번 깜박이다가 곧 힘을 다했다. 가루들은 어느 순간 떨어지면서 사라져버렸다.

"이건 상대의 마력을 확인해줘. 새의 아이야, 너는 어떤 것들을 소환해봤니?"

아비스는 남자의 질문에 성실히 대답했다. 최근에 부를 수 있게 된 신성한 존재들까지 모조리 말해주었다.

"오, 꽤나 높은 격의 친구들까지 부를 수 있게 되었구나. 그래, 그래도……."

남자는 말하면서 상자에서 제일 작은 뿔피리를 꺼내 건넸다.

"지금으로서는 이게 적당할 거야."

"앗, 제일 작네요."

문양은 굉장히 섬세했지만, 손가락만 할 정도로 매우 작았다. 남자는 고개를 끄덕였다.

"더 강력한 걸 주고 싶지만, 그럼 네 힘이 견디지 못할 거야. 내재한 힘은 크지만, 억지로 개방하려 하면 네가 다칠 거야. 나도 아쉽네."

아비스는 아쉽다는 듯 입맛을 다셨다.

"가진 힘에 비해 개방한 건 갓 태어난 병아리 같구나. 왜 이 정도밖에 발전시키지 못했니?"

"그게, 사실 저희는 마법을 발현한 지 얼마 안 됐어요."

아비스에게 물었지만 솔이 나서 답했다.

"저희는 원래 아이돌이에요. 노래하고 춤을 추는 게 세상의 전부이던 저희에게 선물처럼 마법이 찾아왔어요. 마법이 발현 될지 몰랐는데, 정말 기적이었죠. 여기 오기까지…… 참 많은 일이 있었어요."

생각해보면, 마법을 간절히 원할 때도 있었다. 하지만 그간 너무 많은 우여곡절을 겪어서일까. 아득한 옛일처럼 느껴졌다.

순간, 아비스는 마법이 발현되기 전, 연습실에서 죽을 듯이 노래와 춤 연습을 하던 그때가 조금 그립다는 생각을 했다.

마법이 발현되기 전에도 그때의 고민과 괴로움이 있었지만, 어쩐지 그리웠다.

'그때는 힘들었지만, 무겁지는 않았으니까.'

하지만 지금은 발목에 족쇄가 달린 것처럼 힘들었다.

"그렇구나. 그런데 말이야, 세상에 의미 없는 일이 있을까?"

아비스는 고개를 들어 장인을 바라보았다. 언제 들어도 귀에 감기는 부드러운 미성이었다.

"이유가 있을 거야. 노래하고 춤추길 좋아하던 너희가, 누구보다 선해 보이는 너희가 마력을 개방하게 된 데는 말이야."

"음, 하지만 저희 세계에서 아이돌이 마법을 쓰는 건 흔한 일인데요."

남자는 단호하게 고개를 저었다.

"그렇다 해도 다를 거야. 너희는 별빛의 반짝임을 닮았어. 세상의 안배에 우연이란 없어."

단번에 이해하긴 힘든 말이었다. 아비스가 길게 숨을 내쉴 때였다.

"이것 봐! 또 해냈어!"

아비스는 뒤를 돌아보았다. 조롱박 곰을 안은 채 비켄이 기진맥진한 듯 땅바닥에 누워 있었다. 다른 멤버들은 주위에 옹기종기 모여 있었다.

빠!

조롱박 곰이 뻗은 비켄의 가슴 위로 올라왔다. 비켄은 조롱박 곰을 쓰다듬을 힘도 없는지 팔을 휘적거렸다.

어느새 장인이 준 상자에 담겨 있던 씨앗들이 모두 발아해 있었다. 작은 싹이지만, 확실히 트여 있었다. 장인은 비켄이 발아시킨 싹을 보며 굉장히 놀라워했다.

"그거면 충분해. 싹이 나면, 하룻밤만 지나면 꽃을 피우거든."

"와, 대단하네. 형, 고생했어."

아비스는 비켄을 향해 생긋 웃었다. 비켄은 지쳤는지 작게 웃어 주었다.

장인이 솔에게 말했다.

"이게 꽃을 피울 때까지 하룻밤은 여기서 머물러야 할 거야."

"괜찮을까요? 빨리 돌아가야 해서요."

"하루 정도면 잊히는 걸 걱정하진 않아도 돼. 급한 일이라도 있니?"

그때 유진이 말했다.

"큰 콘서트를 열어요. 우리의 무대를 보기 위해 수많은 사람이 올 거예요. 굉장히 오랜 시간 꿈꿨던 일이에요."

"콘서트라. 그래, 노래. 노래는 태초의 마법이지."

타호가 눈을 깜박이며 귀를 쫑긋했다. 마법에 관한 이야기가 나오면 늘 눈을 빛냈다.

"노래는 사람의 마음을 움직이게 만들어. 그게 세계의 안배까지 바꾸곤 하지. 마법은 유용하고, 수식은 강력하지만, 그 정도의 힘은 없어. 노래는 아무렇지도 않게 하는 일이지만 말이야."

진지해진 분위기 속에서 장인은 부드럽게 웃었다. 타와키는 그런 남자의 어깨에 내려앉았다.

"많은 사람이 너희를 보려고 모인다고 했지?"

"네."

"사람의 마음이 모이면 더할 나위 없는 강력한 힘이 되지."

아비스는 남자의 말에 왜인지 전쟁을 먼저 떠올렸다. 사람들의 악의로 인해 황폐화된 세계를 이곳저곳 다녀왔어서일까. 나쁜 마음이 모이면 무서운 일이 벌어졌다.

"맞아요. 악의를 생각하면…… 맞는 말 같아요."

"그것도 그렇지. 하지만 그 반대도 생각해보았니?"

장인은 타와키를 한 번 쓰다듬었다.

"사랑하는 마음도 똑같지 않을까."

멤버들은 장인의 말을 듣고 각자 생각에 잠겼다.

"고대로부터 전해져 내려오는 말이 있어. 사랑하는 마음이 모이면 그 어떤 기적이라도 일어날 수 있다고 말이야."

"뭔가, 멀게 느껴지는 말이네요."

유진이 한숨을 섞어 내쉬며 말했다. 좋은 말이지만, 피부로 느끼기는 어려웠다. 아직까지는 나쁜 쪽의 방향이 익숙했다.

"언젠가 너희도 느끼게 될 날이 오겠지. 자, 그럼. 꽃도 피어야 하고, 대지의 아이도 지친 거 같으니. 이만 쉬러 갈까?"

"앗, 여기에 저희가 머물 곳이 있나요?"

비켄이 사방이 어두운 곳을 둘러보며 말했다. 장인은 씩 웃고는 날개를 펼쳤다. 순백의 하얀 날개가 어둠 속에서 반짝인다 싶을 때였다. 어두웠던 세상이 갑자기 환해졌다.

스타원은 눈을 깜박였다. 어둠에 익숙했던 눈이 갑자기 밝아지자 적응이 필요했다. 밤과 낮을 마음대로 조절할 수 있다니. 타호의 환상 마법과도 비슷해 보였다.

예의 중세식 건물이 빼곡하게 들어찬 익숙한 거리가 눈에 들어왔다. 스타원은 날개를 활짝 펴고 두둥실 날아가는 남자의 뒤를 따라 열심히 걸어갔다. 기력이 다 소진된 비켄은 유진의 등에 업힌 채였다.

얼마나 걸었을까. 어느덧 도착한 곳은, 이상하게 눈에 익은 고성이었다.

"여기 말이야. 우리 화보 촬영하던 고성이랑 비슷하지 않아?"

아비스의 말에 솔은 주위를 둘러보았다. 확실히, 촬영하던 고성과 유사해 보였다.

"우리 세계와도 뭔가 관련이 있는 걸까? 비슷한 구조물이 있고 말이야."

"설마, 우연이겠지."

솔의 말에 유진이 대수롭지 않다는 듯 말했다.

"하얀 눈이 있던 곳, 천장보다 높은 도서관, 그리고 우리가 유령인 것처럼 느껴지는 곳까지. 우리는 항상 범상치 않은 곳만 골라서 가는 거 같아. 이것도 우연일까……?"

타호가 중얼거렸다.

"아까 그 장인 형 말로는 '세상의 안배엔 우연이란 없다'던데. 흠. 우리는 왜 이따금 이런 세계에 떨어지는 걸까?"

비켄도 함께 의문에 동조했다.

"그러게. 마법서를 더 파헤쳐보면 거기서 답을 얻을 수 있으려나. 우선 내가 더 노력해볼게."

타호가 주먹을 굳게 쥐며 말했다.

"너무 무리는 하지 마. 이제까지도 열심히 노력했잖아."

솔이 그런 타호를 보며 다독여주었다.

"왠지 거기에 우리의 길이 있을 것 같아."

타호는 싱긋 웃으며 대답했다.

"피곤하면 비켄한테 포션 좀 달라고 하지 뭐."

솔은 조금 웃으면서 말했다.

"우리 그거 다 중독된 거 같아."

솔의 말에 다른 멤버들도 맞다는 듯 쿡쿡거리며 웃어보였다.

"여기 못 가지고 와서 아쉽네. 이럴 때 포션 한 병만 마시면 싹 나을 텐데."

비켄이 아쉽다는 듯 입맛을 다시며 말했다.

"팬분들 보고 싶다. 우릴 보며 웃어 주시는 얼굴들, 함성만 들어도 피로가 싹 가시는데."

아비스가 허공을 바라보며 한숨 섞인 말을 내뱉었다. 그 말을 들은 멤버들은 모두 격하게 고개를 끄덕였다.

수다를 떠는 사이, 또 서너 명의 사람들이 멤버들을 스치고 지나갔다. 그들은 여전히 스타원의 존재를 느끼지 못했다. 이 현상은 아무리 겪어도 신기했다.

장인은 그런 멤버들을 물끄러미 보다가 잠시 생각에 잠기더니 가볍게 손을 허공에서 내리 그었다. 그러자 북적이던 사람들이 순식간에 지워졌다. 마치 신기루였던 것처럼.

"어?"

사람들의 형체는 사라지고, 물건들만 두둥실 떠다녔다.

"이, 이게 뭔가요? 사람들이 한꺼번에……."

"다른 차원을 볼 수 있는 연결을 거두었어. 힘을 거두어도, 비교적 가까운 차원이어서 물건들은 그대로 보이지만 말이야."

장인은 떠다니는 물건을 바라보면서 쓰게 웃었다.

"이 힘을 위해서도 많은 노력이 필요했지. 사실…… 내 만족을 위한 거지만 말이야."

장인의 얼굴에 순간 사무치게 외로워 보이는 표정이 스쳐지나갔다.

"인간이 살 수 있는 차원을 찾는 건 굉장히 힘들었어. 생존이 가능한 차원이라는 제대로 된 지표를 찾기란 기적 같은 일이거든. 하지만 내 친구는 결국 해냈지."

"여기에 살던 존재들이 차원을 건너간 건가요?"

타호가 묻자, 솔도 이어 말했다.

"그렇다는 건 여기에는 아무런 생명체도 존재하지 않는다는 거고요?"

장인은 들켰다는 듯 씁쓸하게 웃었다.

"그렇지. 우리 앞에서 살아 움직이는 듯 보였던 모든 존재들은, 사실 홀로그램과 같은 환영에 불과해. 우리는 볼 수 있어도, 저쪽에서는 우릴 보지 못해. 예민한 사람들은 기척을 느끼는 정도랄까.”

장인의 말에 스타원은 침묵했다. 이 장인은 보기만 할 뿐 누구와도 대화할 수 없었던 걸까.

“······맞아. 소통은 영원히 불가능해.”

“외로우셨겠어요.”

아비스가 안타까워하며 말했다.

“얼핏 보면 저쪽이 유령 같지만, 어떻게 보면 저희가 유령 같네요.”

누구도 알아보지 못하고, 말도 못 거는 투명한 존재. 이곳에서 유일하게 장인에게 말을 건 이들은 스타원뿐이었다. 차라리 아예 보이지 않으면 모를까. 이렇게 존재만 느껴지는 건 더 괴롭지 않을까.

“왜 이곳에 살던 존재들이 차원을 건너가야만 했나요? 그리고 당신과 대화할 수 있는 존재는 정말 아무도 없나요?”

아비스가 혹시나 하는 마음에 물었다. 남자는 곤란한 듯 시선을 돌리다가 뺨을 살짝 긁었다.

“으음. 그건 말하기 좀 곤란한데······.”

조금 무례할 수 있더라도 아비스는 왜인지 꼭 듣고 싶었다. 계속 바라보고 있자, 장인은 한숨을 살짝 내쉬었다.

"그럼 막내, 너만 따라올래? 조금 부끄럽지만, 누군가에겐 털어놓고 싶었어. 내 이야기를."

말을 마친 장인은 날개를 활짝 펼치고, 고성의 뾰족하고 높은 첨탑 위로 날아갔다. 척 봐도 그냥 가기는 어려울 높이와 위치였다.

아비스는 고개를 들었다. 따로 말하지 않았지만, 타와키는 안다는 듯 몸을 거대화시켰다. 한 번 공중에서 부드럽게 유영한 뒤, 아비스에게 등을 맡겼다.

아비스는 가볍게 타와키의 등에 올랐다. 솔은 쏟아지는 햇살에 눈을 가리고, 아비스가 점이 되어 사라져 가는 모습을 바라보았다. 두 개의 날개가 태양을 향해 겁 없이 솟아올랐다.

제 48 화
신의 영역

장인은 첨탑 위 석상에 앉아 있었다. 바람결에 하얀 옷이 펄럭거려서일까. 그는 정말 천사처럼 보였다.

아비스는 타와키의 깃털을 쓰다듬으며 장인을 바라보았다. 섬세한 이목구비는 햇살 속에서 달콤하게 녹을 것 같았다. 세상의 기쁨만 모아 놓은 거 같은 외모지만, 지금 그의 눈에는 슬픔이 가득했다.

남자는 마을을 보고 있었다. 스타윈 멤버들 외에는 어떤 생명체도 보이지 않았다. 장인은 숨을 길게 내쉬었다. 아비스가 걱정스럽게 바라보자, 남자는 애써 웃었다.

"괜찮아."

전혀 괜찮아 보이지 않아서 아비스는 재차 물었다.

"우리는 친구들을 부를 수 있잖아요. 새의 아이고, 소환사이니까요. 아무리 소환 능력이 소실되었다고 했지만, 아티팩트를 만들어 저희를 불렀다면, 아직 충분히 할 수 있는 거 아닐까요?"

장인은 어깨를 으쓱했다.

"그 능력은 이제 잃었어. 굳이 시험해보지 않아도 감각만으로 느껴져. 세상이 나에게 준 선물은 이제 닫혔다는 걸 말이야."

아비스는 침을 꿀꺽 삼키고 그를 바라보았다.

"너희가 나에게 안배된 마지막 선물이겠지."

아비스는 입술을 달싹이다가, 결국 꾹 다물었다. 장인은 날개를 한 번 파닥거리며 중심을 잡았다.

"너는 소환이 어느 정도까지 가능할 것 같아?"

아비스는 타와키를 바라보았다. 그리고 신성하게 보이던, 인간의 얼굴을 했지만 날개가 달린 다른 커다란 친구들도 떠올려 보았다.

"글쎄요. 아주 강한 친구들을 부를 수 있는 게 이 소환의 최대치 아닌가요?"

"맞아. 네 말대로 아주 강한 친구들을 부를 수 있는 건 우리의 특권이지. 하지만, 뭔가를 '불러오는' 이 능력은……."

장인은 아비스를 향해 고개를 돌린 채 빤히 바라보았다.

"잘하면 신의 영역까지 도달할 수 있어. 물론 가능성이 희박하고, 죽을 만큼 힘들 테지만 말이야."

신의 영역이라니. 아비스는 눈을 깜박였다. 정말 신을 능가할 정도로 이 힘을 사용할 수 있게 된다면 멸룡도가쯤은 아무것도 아닌 것이었다.

남자는 고개를 푹 숙였다. 환한 햇살이 부서져서 반짝였다.

"물론 네가 생각하는 것처럼 만능은 아니야. 나는 오만했어. 신 정도의 소환 능력을 가지고 있다면 두려울 게 없다고 생각했지. 하지만 예상과 다르게, 내게 닥쳐온 재앙의 종류는 전혀 다른 것이었어."

"……."

아비스는 차분하게 이어질 말을 기다렸다.

"전쟁이 있었어."

남자는 계속 말을 이었다.

"권력이 강한 파벌 두 곳이 충돌했지. 서로의 이해관계가 달라서 말이야. 전쟁이 진행될수록 양쪽은 더 강한 살상 무기를 만들어내려고 했어. 그러다가, 건드려서는 안 되는 영역까지 가져와버렸어."

남자는 무릎을 모아 아이처럼 품에 안았다.

"그건 정신을 으스러트리는 악령이었어. 사람들을 잡아먹으며 점점 몸집을 불려갔지. 악령은 사람들의 육신을 지배하고 혼에 깃들어, 빙의된 사람을 미치게 만들었어. 그 몸을 이용해 다른 사람들을 죽이고, 또 다른 이에게 옮겨가기를 반복했지. 게다가……."

장인의 눈동자가 흔들렸다.

"스스로 자아를 가지기에 이르렀어. 처음에는 단순히 물리적으로 미치게 만들고 다른 이를 죽였지만, 나중에는 그 사람이 지닌 고유의 지위와 권력까지 이용해서 더욱 광범위하게 영향을 끼쳤어. 빙의한 사람의 기억을 고스란히 가지고는, 멀쩡한 척 연기까지 했지. 그 덕에 우리는 서로를 신뢰할 수 없게 되었어. 혼란은 점점 거세지고, 후에는 악령 때문에 죽는 건지 서로를 미워해서 죽이는 건지 알 수 없어졌어."

그런 일이 있었다니.

아비스는 의외라고 생각했다. 처음 도착했을 때 마주했던 마을의 분위기와 사람들의 표정은 평온해 보였다. 남자가 말한 상황을 겪은 세계라고는 느껴지지 않았다.

"서로를 의심하던 혼란이 가라앉기 시작한 건, 악령이 쓰인 건지 구분해낼 수 있는 아티팩트를 만들고 나서였어."

"혹시, 그거 당신이……."

"응. 내가 만들었어. 이 나라에서 제일가는 장인이니까. 이걸 완성한 직후에는 드디어 혼란이 끝났다며 좋아했지만, 섣부른 판단이었어. 되레 또 다른 파장의 시작이었지."

장인은 고개를 살짝 들었다. 바람결에 옷자락이 흔들렸다.

"악령은 전 세계적인 권력자에게 옮겨 가서, 사람들을 선동하여 아티팩트를 없앴어. 오히려 악령을 없애야 한다고 주장하는 이들을 바보 취급하며 사상을 바꾸기에 이르렀지."

남자는 담담하게 말했지만, 침통한 심정이 고스란히 느껴졌다.

"결국 우리는 필사적으로 다른 방법을 찾았지."

장인은 말하며 한쪽 손을 들어 허공에 복잡한 수식을 그렸다.

"악령을 가두는 아티팩트, 악령을 없앨 수호부, 악령을 가두는 미궁……."

수식은 남자가 말할 때마다 계속 변했다. 그러다가 결국은 끝에서부터 하나하나 지워졌다.

"하지만 우리는 악령을 억제할 수 없었어. 그래서 차선책을 찾았지. 친구 한 명이 고대 서적을 뒤져서, 제일 가까운 차원으로 이동하는 방법을 알아냈어. 악령을 이 세계에서 쫓아낼 수 없다면 우리가 다른 세상으로 이동하는 수밖에."

장인은 아비스를 보며 말했다.

"악령은 차원을 건너기가 힘들거든. 그나마 다행이라고나 할까."

장인은 회한에 젖은 눈빛으로 수식을 거두었다.

"나는 친구가 알려준 좌표로 차원을 건너가서 우리 세계의 모든 것을 소환했어. 온몸이 찢기는 듯한 고통이었고, 이러다 내가 소멸해버릴 것만 같았지만, 버텼지. 모두를 살릴 유일한 방법이었으니까."

장인은 생각만 해도 고통스럽다는 듯, 미간을 살짝 찌푸렸다.

"결국 성공하긴 했지만, 내 소환 능력은 거의 다 소실했어. 불가능에 한없이 가까웠던 신의 영역을 건드린 거니까 말이야. 뭐, 후회는 없어."

남자는 슬프게 웃었다. 환한 햇살 속에 있어서일까. 아비스는 남자가 마치 부서지는 보석처럼 느껴졌다.

"덕분에 혼자 남았지만, 난 운이 좋았던 걸지도 모르지. 내 친구들은 나에게 악령을 막을 것을 맡기고 희생했어. 악령을 막을 아티팩트를 실험하기 위해 그것에 기꺼이 몸을 내던졌어."

그래서 주위에 아무도 없이 홀로 남게 된 걸까. 그는 숨을 길게 내쉬었다.

"그렇게 시간이 지나서, 이제 저 차원에서 자신들이 이주했다는 과거를 기억하는 이는 거의 없어."

남자는 자신의 손에 얼굴을 묻었다.

"차원을 이동하는 방법을 아는 사람은 이제 나밖에 없어."

아비스는 조심스럽게 장인의 손등에 손을 얹었다. 남자의 손은 여전히 거칠었다.

"이제, 저도 알잖아요. 어깨의 짐을 조금 덜어 드릴게요."

아비스의 체온이 닿자 장인은 조금 웃었다.

"악령은 완전히 소멸하지 않은 거죠? 그걸 처치하기 위해서는 무엇을 해야 하나요?"

"응, 그걸 소멸시킬 순 없어. 그저 봉인하는 게 최선이야."

"봉인……. 악령은 지금 어디에 있나요?"

아비스와 멤버들이 장인과 함께 이 세계에서 꽤나 머물렀지만, 악령을 마주친 적은 없었다.

장인은 고개를 들었다. 위태롭게 앉아서일까. 다시 첨탑에서 떨어질 듯, 균형이 아슬아슬하게 무너졌다. 그러자 하얀 날개가 다시 움직여 균형을 잡아 주었다.

아비스는 이 모든 게 마치 장인의 상황과 유사하게 느껴졌다. 아마 그 악령을 봉인하려는 것도 균형이 흐트러진 세계에서 이 사람이 바로잡으려는 것과 같을 터였다.

"내가 만든 미궁에 갇혀 있어. ……내 친구가, 악령에 빙의된 채로."

아비스는 순간 할 말을 잃었다. 악령이 갇혀 있는 게 아니라, 소중한 친구에 빙의된 채라니.

"교활한 악령이 언제 그 미궁을 벗어날지 몰라. 그 미궁을 완전히 닫으려면, 미궁을 만든 내 심장을 희생해야 돼."

"심장을 희생한다니, 그 말은…… 죽어야 한다는 건가요?"

아비스가 암담한 심정으로 조심스레 물었다. 장인은 쓸쓸하게 웃었다.

"그렇지. 하지만 어쩔 수 없어. 언제 차원을 이동하는 방법까지 알아내서 다른 차원까지 위협할지 모르거든."

장인이 먼 곳을 응시하며 말했다. 마치 다른 차원, 그 너머를 바라보는 듯했다.

"나 혼자서는 버거웠어. 너희의 도움이 필요해. 내 남은 마력이 이제 거의 없어. 아티팩트로 증폭하려고 노력하고 있긴 하지만, 미궁을 닫기에는 턱없이 부족한 게 느껴져. 그래서 발아를 부탁한 그 꽃이 필요했어."

장인은 타와키를 쓰다듬으며 말했다. 부드러운 깃털에서 조그마한 온기라도 느끼고 싶은 듯 보였다.

"그 꽃은 환상을 보여줘서 미궁을 닫는 걸 방해할 수도 있지만, 마력이 증폭되도록 해주거든. 그 꽃을 미궁에 심어주기만 하면, 모두 끝일 거야."

장인은 말하며 타와키를 계속해서 쓰다듬었다.

'많이 외로웠겠지.'

사람들이 보이지만 말을 걸 수도, 대화할 수도 없는 상황에서 느끼는 공허함은 상상조차 하기 어려웠다.

그 생각에까지 미치자, 아비스는 자신도 모르게 소환 능력으로 차원 문을 열었다. 그러곤 무의식적으로 작은 새 한 마리를 불러내었다.

노란 부리를 가진 하얀 새가 포롱거리며 장인의 곁으로 다가왔다. 아비스는 작은 새에 대해서 말해 주었다.

"사람을 따르길 좋아하는 귀여운 친구를 불러봤어요. 앞으로 그 아이는 당신 곁에 있을 거예요."

"그렇구나. 고마워. 하지만 내가 미궁을 닫고 나면 이 아이는 이 세계에 혼자 남게 될 텐데?"

"그건 걱정 마세요. 이 새는 차원을 여행할 수 있어요. 끝을 보고 나면 곧바로 원래 있던 곳으로 되돌아갈 거예요."

"아하. 그런 아이구나. 이런 소환수에 대해서 들은 적이 있던 것 같네. 녀석들은 돌아가면, 자기의 무리에게 여행에서 있었던 일을 얘기한다고 들었어."

장인은 새의 작은 이마에 입 맞추며 말했다.

"돌아가서 내 얘기를 전할 거니? 어떻게 전해질지 궁금하네."

새는 고개를 움직이며 지저귀었다. 새는 장인의 어깨에 앉았다. 작은 머리를 그의 옷자락에 비비는 걸 보면서 아비스는 생긋 웃었다. 좋은 친구를 소개해줘서 뿌듯했다.

장인도 새의 애교가 좋다는 듯 빙긋 웃으며 말했다.

"너는 마음이 강하구나. 이렇게 좋은 친구도 소개해줄 생각을 할 수 있고 말이야."

아비스는 고개를 천천히 내저었다.

"음, 마냥 강하진 않아요. 아직 약한 겁투성이에 겁도 많은 걸요."

"힘이 세거나 능력이 뛰어난 것만이 강한 게 아니야. 이런 마음이 진정으로 강한 거지. 이런 마음만 있으면 전쟁 따위는 일어나지 않았을 텐데……."

새는 남자의 말에 화답하듯, 삐삐거리며 지저귀었다.

"하지만 저는 팀의 막내라서 그런지, 형들이 늘 걱정하는 것 같아요. 어쩔 땐 못 미더워 하는 것 같기도 하고요."

"그건 못 미더워 하는 게 아니라 사랑의 한 방식일 거야. 친구가 잘못되는 건 누구든 원치 않으니까."

"음……, 듣고 보니 그렇네요. 저도 형들이 다치는 건 정말 싫어요. 그래서 기를 쓰고 강해지려고 하는 거고요."

아비스는 잠시 생각하다 고개를 끄덕였다. 사실 그의 말이 맞았다. 서로를 지키기 위해서 아픈 훈련도 마다하지 않았다.

"미궁을 닫아 달라고 하셨는데, 저는 제가 지금 끝없는 미로에 갇힌 듯한 기분이에요. 목표에 잘 도달하고 있는지 늘 의문이 들어요."

장인은 아비스의 고민을 진지하게 경청했다.

"음……. 조언과 지혜가 필요한 시점이구나."

"멤버들끼리 서로 대화를 많이 하곤 있지만…… 더 조언을

해 줄 이가 있을까요?"

"스승은 없니?"

아비스는 고개를 저었다. 마법을 가르쳐 주는 이들은 드래곤 피크에 있었지만, 지혜의 조언을 주는 '스승'이라고 하기에는 거리가 멀었다.

"그렇구나. 그렇다면."

장인이 고민하며 말했다. 아비스가 눈을 깜박이며 기다리자, 남자는 부드럽게 웃었다.

"친구들과 의논을 해봐."

"엥, 멤버들과는 평소에도 많이 말을 하는걸요."

아비스가 황당하다는 듯 말하자, 장인은 고개를 천천히 저으며 재차 말했다.

"같은 종족끼리만 친구라고 하면 서운해할 친구들이 있지 않아?"

아비스는 그제야 깨달았다. 그가 말하는 친구란 소환수를 뜻하는 말이었다.

'왜 여태 이 생각을 못 했지?'

아비스는 머리를 한 대 맞은 듯, 깨달음을 얻은 기분이었다. 하지만 심도 깊은 대화가 가능한 소환수들은 너무 격이 높아, 지금의 마법 수준으로는 데려오기 힘들었다.

"좋은 생각이네요. 하지만 지금 제 힘으로는 힘들 것 같아요."

"아, 그런가. 그러면 이번엔 내가 작은 친구를 소개해줄 수 있도록 해볼게. 소환수들은 새의 아이의 부름이라면 언제나 환영하니까."

아비스는 웃으면서 고개를 끄덕였다.

"감사합니다. 벌써 기대되네요."

장인은 그런 아비스를 뿌듯하다는 듯 바라본 후, 다시 아무도 없는 세상을 바라보았다.

구름 한 점 없는 하늘 아래 펼쳐진 세상은 쓸쓸하게도 아름다웠다. 장인은 밀려 드는 상념을 애써 떨치며 우울감을 얼굴에서 지웠다.

"자, 돌아가자. 이제 쉬어야지."

"아, 네."

장인이 어깨를 한 번 들썩이자, 날개가 파닥거리며 아름답게 펼쳐졌다. 아비스는 타와키를 탄 채 남자의 뒤를 따라 날았다.

마법으로 만들어낸 햇살과 바람일 테지만, 앞머리를 부드럽게 흩뿌리게 해 주는 살랑거림이 기분 좋게 다가왔다.

〈별을 쫓는 소년들〉 4권 끝

별을 쫓는 소녀들 4

WITH +OMORROW X +OGETHER

2023년 12월 20일 초판 1쇄 발행

기획/제작 | HYBE
공동기획 | WEBTOON

발 행 인 | 정동훈
편 집 인 | 여영아
편집국장 | 최유성
편   집 | 양정희 김지용 김혜정 김서연
디 자 인 | DESIGN PLUS

발 행 처 | (주)학산문화사
등   록 | 1995년 7월 1일
등록번호 | 제3-632호
주   소 | 서울특별시 동작구 상도로 282 학산빌딩
편 집 부 | 02-828-8988, 8836
마 케 팅 | 02-828-8986

ISBN 979-11-411-2000-9 03810
ISBN 979-11-411-1996-6 (세트)

값 9,800원